LE BRACONNIER DE DIEU

DU MÊME AUTEUR

ROMANS

Banlieue Sud-Est, Domat puis Denoël
La Fleur et la Souris, Galilée
Pigalle, Oswald
Le Triporteur, Denoël
Les Pas perdus, Denoël
Rouge à lèvres, Denoël
La Grande Ceinture, Denoël
Les Vieux de la Vieille, Denoël
Une poignée de main, Denoël
Il était un petit navire, Denoël
Mozart assassiné, Denoël
Paris au mois d'août, Denoël
(Prix Interallié 1964)
Un idiot à Paris, Denoël
Charleston, Denoël
Comment fais-tu l'amour, Cerise? Denoël
Au Beau Rivage, Denoël
Ersatz, Denoël
Le Beaujolais nouveau est arrivé, Denoël
La soupe aux choux, Denoël
(Prix R.T.L. Grand Public 1980)
(Prix Rabelais 1980)

LA TRILOGIE SENTIMENTALE

L'amour baroque, Julliard
Y a-t-il un docteur dans la salle? Denoël
L'Angevine, Denoël

ESSAIS

Brassens, Denoël
Le Vélo, Julliard
Les Pieds dans l'eau
(illustré par Blachon), Denoël

ALBUMS DE PHOTOS

Les Halles, la fin de la fête, Duculot,
photos de Martin Monestier

LIVRE POUR ENFANTS

Bulle (illustrations de Mette Ivers), Denoël

POÉSIE

Chromatiques. Poésies 1952-1972. Mercure de France

NOUVELLE

Les Yeux dans les yeux, Atelier Marcel Jullian

OUVRAGE SUR L'AUTEUR

Splendeur et misères de René Fallet,
entretiens et témoignages, de Jean-Paul Liégeois
Denoël

RENÉ FALLET

LE BRACONNIER DE DIEU

roman

DENOËL

L'édition originale de cet ouvrage a été tirée à vingt-huit exemplaires sur vélin pur fil Lafuma Navarre, dont vingt exemplaires numérotés de 1 *à* 20 *et huit hors commerce marqués de* A *à* H.

19, rue de l'Université, 75007 Paris
ISBN 2-207-21859-7

A ANTOINE BLONDIN

1.

Ce fut en allant voter Pompidou que Frère Grégoire rencontra le péché.

Paradoxe des paradoxes, le suffrage universel chassa le saint homme du royaume des élus, l'immola sur les autels de la démocratie.

Frère Grégoire était l'un des quatre-vingts Trappistes de l'abbaye Notre-Dame de Sept-Fons, sise non loin de Dompierre-sur-Besbre, Allier.

Sous la houlette paterne du Père Abbé Dom Chrysostome, il coulait depuis plus de cinq lustres une existence pieuse et rustique, rythmée par le doux son des cloches et le lent déroulement des saisons. L'âme de Frère Grégoire ne se penchait jamais à la portière, le ciel l'attendait à bras ouverts. C'était compter sans les présidentielles. Sur le chemin de Diou — la petite ville où les bons religieux se rendaient aux urnes — Frère Grégoire s'écarta du chemin de Damas.

Ce premier juin, pourtant, aucune menace ne semblait flotter dans un ciel bleu que ne traversait aucune boule de feu. L'alouette batifolait, l'enfant gueulait dans les bras de sa mère, les sauterelles sautaient dans les prés, les puces piquaient les chiens, tout était en ordre, Frère Grégoire et ses pairs louaient le

Seigneur pour la belle journée qu'il offrait au monde dans une de ces crises de générosité dont il était coutumier.

En habits de travail sur son tracteur, Frère Grégoire sifflotait gaiement le *Te lucis ante terminum*, son hymne ambrosienne préférée quand il lui fallut planter là sa machine pour s'apprêter à remplir ses devoirs de citoyen.

Il revêtit sa robe blanche, son scapulaire noir, boucla son ceinturon, déclina par signes l'offre muette de Frère Eustache. Il était crampon, Frère Eustache, de toujours lui proposer de l'accompagner à la mairie. Frère Grégoire préférait être seul sur la route, et ce fut ce jour-là ce qui le perdit.

A la Trappe, on ne parlait pas, sauf pour les besoins du travail, et Frère Eustache, mécontent, tira une grande langue à Frère Grégoire, ce qui lui permettrait de s'accuser à confesse du délit de colère Frère Eustache était si brave garçon qu'il en était réduit à ces extrémités. Sans elles, il n'eût jamais ouvert la bouche, même où il le devait en qualité de pénitent.

Mû par un semblable besoin, Frère Grégoire fit à son compagnon un pied de nez farouche qui lui vaudrait, avant l'absolution, quelques sévères remontrances de son directeur de conscience. Satisfaits par leurs débordements, les deux moines se séparèrent.

Frère Grégoire salua le Frère portier et quitta le moutier de son pas ferme d'homme de Dieu et des champs. Son âme, pas pour longtemps hélas! avait cette blancheur tant vantée par la maison Persil.

1943

Minuit. La nuit doublement noire de l'occupation pèse sur le Bourbonnais. Tous feux éteints, Grégoire Quatresous et Toussaint Baboulot, vingt-quatre ans, ouvriers agricoles, pédalent sur leur bicyclette, côte à côte. Le pneu avant de Grégoire chasse un caillou, le vélo déséquilibré roule deux mètres sur l'herbe des bas-côtés.

— Bon Dieu de bordel de bon Dieu! sacre Grégoire, on n'y voit pas plus clair que dans le trou du cul d'un nègre!

— Fais donc pas si vilain, grogne Toussaint, qu'on va se faire capter par les Boches, Vingt Centimes! Y en a une quantité industrielle dans le coin.

L'heure du couvre-feu est passée depuis longtemps. Les douze coups de l'inquiétude ont sonné aux clochers. Avec son copain, Grégoire Quatresous, dit « Vingt Centimes », vient d'aller faire la foire et la java. Ils ont bu du mousseux chez la mère Françoise qui jouit au moins de deux attraits à leurs yeux : sa cuisse est légère, son mari prisonnier. Le mousseux bu, ils ont, comme on le dit dans leur pays, « arrangé » à tour de rôle la mère Françoise dans le lit conjugal. Sans romantisme excessif et d'un rein puissant, ainsi qu'il sied à d'authentiques enfants de la glèbe, plus attachés à l'aspect sportif de la chose qu'aux mignardises citadines.

— Elle a un beau derrière, émet le rêveur Baboulot.

— Ça serait dommage, approuve Grégoire, d'y laisser gaspiller, d'y laisser moisir. Cré bon Dieu! c'est pas fait pour les toiles d'araignée, ni pour mesurer de l'avoine!

Ils rigolent bruyamment, fort peu effleurés par l'éventail chinois de la galanterie. Un pet atroce de Toussaint Baboulot déchire les ténèbres, décuple la joie des jeunes campagnards.

— Envoie pas le mortier avec! recommande Grégoire, hilare, avant de lancer, cent mètres plus loin, un rot des plus pittoresques.

— C'est le mousseux, explique-t-il.

— Elle a du bon mousseux, la *fumelle*, apprécie Baboulot, dommage qu'elle a les nichons sur le ventre.

— On peut pas tout avoir, Toussaint.

— Et pourquoi Vingt Centimes, pourquoi qu'on n'aurait pas tout? proteste Toussaint qui exige beaucoup de la vie, et s'interroge, critique, quant à la présence insolite d'une poitrine sur un abdomen.

Des cris rauques retentissent tout à coup derrière eux, à un carrefour. Il s'agit d'une patrouille de soldats allemands. Épouvantés, les deux garçons se dressent sur les pédales. Un coup de feu claque, puis un autre. « Terroristes! » crient les troupiers. Meilleur grimpeur que son camarade, Baboulot, dans une côte, lâche Grégoire, l'abandonne et disparaît.

Ils ne se reverront que vingt-six ans plus tard.

Grégoire entend alors les Allemands mettre en marche une motocyclette. Sans hésiter, il dégringole, insoucieux des cahots, la butte qui va le mener au chemin de halage du canal latéral à la Loire. Sa roue arrière s'affaisse sous lui, brisée. Il jette sa machine dans l'herbe et plonge dans l'eau noire.

De l'autre côté du canal se dresse le mur qui entoure l'abbaye de Sept-Fons.

D'une brasse que la peur paralyse, Grégoire barbote, patauge, prend pied sur la berge d'en face.

Là-bas, des lampes électriques éclairent la chasse à l'homme. « Mon Dieu, bredouille le malheureux, faites que je m'en sorte, ne faites pas la vache, j'ai été enfant de chœur! » Les voix, les bruits de bottes se rapprochent du canal. Grégoire s'élance vers le mur. Il faut l'atteindre avant que les faisceaux de lumière n'éblouissent le fugitif. Grégoire s'accroche à la pierre, s'y arrache les ongles, escalade l'obstacle, bascule enfin dans le potager des moines. Sauvé. Lorsqu'il touche terre, un craquement retentit dans sa jambe. Grégoire Quatresous vient de se casser le tibia. Hors d'haleine, le garçon serre les mâchoires pour ne pas gémir, regarde une étoile qui vient de s'allumer, là-haut. Cette étoile, c'est la sienne. Les cris des Allemands perdent de leur vigueur, s'éloignent puis s'étouffent. Les feldgrau n'ont pas vu naître l'étoile du « terroriste ». Celui-ci, à bout de forces, s'évanouit.

Il ne reprend connaissance que quelques heures plus tard, allongé dans un lit de l'infirmerie des religieux, la jambe dans une gouttière. Grégoire n'aime pas les curés. Son oncle Anselme — qui sifflait ses cinquante-deux litres de goutte de prune par an — lui a toujours dit que « La religion, c'est l'opium du peuple. » Du côté de Dompierre-sur-Besbre, on n'est pas fort savant quant à l'opium, on fréquente davantage la betterave, mais Grégoire se doute que ce n'est pas grand-chose de propre.

Un moine lui apporte une tisane.

— J'en veux pas, dit Grégoire.

— Pourquoi, mon fils?

— Y a de l'opium dedans.

— De l'opium? fait le moine intrigué en reniflant l'infusion.

— Ouais. De l'opium du peuple!

Frère Onésime s'en va chuchotant que le pauvre enfant a la fièvre. Dom Marie Godefroy, abbé de Sept-Fons jusqu'en 1949, arrive au chevet du blessé :

— Grégoire Quatresous, les Allemands te cherchent dans toute la contrée. Ils ont retrouvé ton vélo et sa plaque d'identité. Il faut que tu restes là.

— J'ai pas le choix, j'ai le paturon cassé. Mais, bougonne Grégoire qui se contraint à des bravades, je vous avertis que les curés je les aime point.

Dom Marie lui emprunte en souriant son accent pour lui clouer le bec :

— Aime les point, mon gars, aime les point. Aime seulement le bon Dieu. C'est lui qui t'a sauvé.

Immobile des semaines sur ce lit, Grégoire pense, mais s'arrête toujours au bord du mal de tête. Il lui a demandé, à ce bon Dieu, de le sortir des pattes des Boches, et le bon Dieu a obéi, comme si c'était le boulot d'un bon Dieu, d'obéir. De plus, Grégoire n'est entouré que de ses copains, au bon Dieu. Opium ou pas opium, ils sont plutôt bons zigues, ces moines. Ils ne se parlent pas mais, à lui qui n'est pas de la maison, ils adressent volontiers quelques paroles. Tous lui répètent de remercier Dieu. Sans l'intervention divine, il ne serait plus aujourd'hui qu'un petit cadavre de terroriste grouillant de vers. Fusillé.

— Putain, bougonne encore Grégoire, j'ai point fait de terrorisme. Avec Baboulot, on venait seulement d'arranger la mère Françoise...

Frère Onésime se signe :

— Cette mère Françoise, comme vous dites, cette malheureuse pécheresse, vous a été envoyée par Dieu, mon fils. Pour vous envoyer ici.

Dès qu'il peut marcher, Grégoire, qui s'ennuie, demande à travailler aux champs. C'est une bonne terre de soixante hectares, Sept-Fons, entièrement close de murs. Grégoire commence à se plaire, finit par priser cette paix. Il est aussi bien qu'à la ferme. Petit à petit, il accompagne les moines aux offices, comme s'ils allaient au bal ou au ciné, entre dans leur vie avec la même facilité qu'ils enfilent leur coule, le vaste habit blanc qu'on revêt pour les chœurs. Il est encore mieux qu'à la ferme. Il n'a pas à se convertir avec bruit. Il a retrouvé sans problèmes, sans y songer, tout naturellement, le Jésus de ses dix ans, un camarade d'école perdu de vue.

A la Libération, Dom Marie le fait appeler :

— Eh bien, Grégoire, tu peux rentrer chez toi, à présent.

— J'ai pas à y rentrer, bougonne toujours Grégoire. J'y suis, chez moi. Je veux point m'en aller. Si c'est le bon Dieu qui m'a amené là, faut qu'il en supporte les conséquences. L'a qu'à me garder.

On conserve le postulant.

On apprécie le novice.

Au terme de ses vœux temporaires, il a tout oublié du monde des mère Françoise et des Baboulot. Il s'accuse parfois avec trop de véhémence d'avoir « arrangé » la mère Françoise, fait qu'il traduit plus sobrement désormais par les mots d' « œuvre de chair ». Agacés, ses confesseurs lui signifient qu'il y a prescription et, dès l'aube de ses vœux solennels, il n'en parle plus. Il ne sera jamais un exégète hors classe des Évangiles, et restera Trappiste, ce qu'il était de naissance, un simple paysan plus proche de la terre que du ciel. Il n'a pas même péché, puisqu'il ne savait pas à l'époque, en péchant, qu'il péchait.

Oui, son âme est blanche, plus blanche que bien d'autres qui, plus compliquées, souffrent pour demeurer en pureté. On envie parfois sa facilité. Frère Grégoire est un moine de tout repos, Dieu ne l'empêche pas de dormir. Il le sert comme il bêche ou laboure, lentement, patiemment, vu que « ça sert à rien de se presser », et que le travail du cœur et des champs doit s'accomplir chaque jour. Il a remercié Dieu. Ils sont quittes.

Les années passent. Frère Grégoire est content d'avoir fait le mur. Il y avait derrière, qui l'attendaient, une jambe cassée mais aussi la vérité, la lumière et la vie éternelle.

Qui dira pourquoi, mais pourquoi, la République, grands dieux, avait besoin d'un Président par ce beau mois de juin?

Frère Grégoire allait, serein, robuste et doux, sur le chemin de halage. Les ablettes du canal criblaient la surface de l'eau de minuscules gobages. Elles aspiraient, fébriles, le moucheron du matin et, parfois, sautaient en l'air pour saluer le Seigneur. C'était du moins la version officielle que donnait Frère Grégoire de leurs ébats.

Le moine ramassa vivement quelques éclats de brique creuse, lorgna autour de lui pour s'assurer de sa solitude et, joyeux, risqua un ricochet, puis deux. Il aurait dû emmener Frère Eustache avec lui. Ils auraient fait un match. Frère Grégoire s'accusa, amer, d'avoir manqué de charité envers son collègue. Son dernier ricochet, désabusé, fut indigne d'un champion de la chrétienté.

Plus loin, comme un ver de terre se traînait sur le chemin, Frère Grégoire s'agenouilla pour mieux considérer ce frère inférieur qu'enchantait le contact du sol humide encore d'une averse nocturne. Ce ver était propre et rose et — le Trappiste l'eût juré par tous les saints — heureux de vivre ce printemps, cela se voyait à un je ne sais quoi de guilleret dans la reptation. Le religieux médita sur cette allégresse. Tout dans la direction qu'il empruntait avec ardeur indiquait que le ver n'allait pas tarder à piquer une tête dans le canal, où un chevesne l'avalerait sans se poser de questions sur la vanité, la fragilité des choses de ce monde. Fallait-il préserver le bonheur du lombric au détriment de la satisfaction du poisson?

« Le ver, se dit Frère Grégoire, sait qu'il est en vie. Le chevesne ne sait pas que le ver vient à lui. De plus, le vieux garbeau[1] mangera bien autre chose dans la journée. Le ver, lui, n'a qu'une existence terrestre. Si j'étais Dieu, je sauverais le ver. »

Il saisit l'animal entre deux doigts, le jeta dans les hautes herbes. « Il pense, le vretiau[2] qu'il a fait tout ce chemin pour rien, songea Frère Grégoire, alors que j'ai sauvé sa peau. Là, il ne voit que l'immédiat, qu'il s'est usé les anneaux pour des prunes. S'il pouvait maudire le ciel, il le ferait. »

Frère Grégoire, qui venait de jouer au bon Dieu, béni et engueulé comme tout Créateur, se releva et reprit sa route. C'était facile d'être Dieu, mais fatigant. Les critiques ne vous épargnaient pas, il n'y avait en outre aucun avancement à espérer. Dieu a besoin de supporters pour ne pas céder au découragement, et Frère Grégoire le loua à haute voix, histoire de lui donner du cœur au ventre. Il scanda comme au stade et sur l'air des lampions :

— Allez Jésus, allez Jésus, allez!

On lui avait maintes fois reproché ce genre de familiarité, mais Frère Grégoire n'en avait cure. La déférence n'empêchait pas l'amitié. Ne pas parler au ciel, c'était le soupçonner d'être vide. Si Dieu froissé avait fait remarquer à son serviteur :

— Dis donc, Grégoire, on n'a pas gardé les cochons ensemble!

Le moine lui eût répondu avec la superbe de l'innocence :

— Peut-être bien, Seigneur, mais on garde les hommes!

1. Chevesne, dans le centre de la France.
2. Ver de terre, en parler bourbonnais.

A propos d'hommes, il y en avait un, là-bas, assis sur un pliant, et qui pêchait à la ligne. Il sursauta en entendant le pas du Trappiste, se rasséréna, lui adressa la parole :

— Ah! vous m'avez fait peur, mon père!

— Je ne suis pas le Diable, mon fils, répliqua, amène, le religieux.

— J'y vois bien. De toute façon, quand je pêche, j'aime mieux voir un curé qu'un garde-pêche, surtout quand la pêche est fermée.

— Parce qu'elle est fermée?

— Oui.

Le pêcheur ajouta sombrement :

— Y a pas de bon Dieu!

Il s'aperçut de l'offense, rectifia :

— C'est-à-dire qu'y a pas de justice.

Il avait, l'homme, sous son chapeau de paille, la face enluminée, rouge et veinée de bleu du Bourbonnais, pur sang rapide sur la chopine et la tranche de jambon. Cette face luisait au soleil, comme cirée par le grand air qui souffle aux terrasses des cafés de village. Les yeux clairs du pêcheur lorgnaient le moine avec une pointe de curiosité, une autre d'ironie. Ce soir, au bistrot, à l'heure des mominettes, il raconterait à d'autres rougeauds qu'il avait conversé avec un de ces êtres bizarres qui portent la robe mais pas le bas de soie. Il ferra un gardon, le fourra dans sa filoche. Frère Grégoire en fut content :

— Ça mord.

— Ç'est là que ça mord le mieux, quand c'est fermé.

Malicieux, l'homme précisa sa pensée, car il en avait une :

— Ça, y a des pépins, dans le fruit défendu, mais vous qu'avez de la religion vous pouvez me dire pourquoi qu'il est meilleur que l'autre? S'il a ce goût-là, c'est que le bon Dieu a pas voulu en détourner les gens. Il pouvait tout aussi bien le faire amer comme chicotin, non? En plus, il a créé le poisson, mais il a aussi inventé le pêcheur. Donc, si je pêche, j'obéis à la volonté de Dieu. C'est plus digne que d'obéir aux gardes.

— C'est quasiment une parabole, répondit Frère Grégoire.

Bien sûr, un esprit comme celui de Dom Chrysostome, prix d'honneur de théologie, n'eût fait qu'une bouchée de ladite parabole et de ses spéciosités.

Son auteur jeta dans l'eau quelques poignées d'amorce qui s'y désintégrèrent en petits nuages roses que transpercèrent aussitôt les lumières des ablettes.

— Je sais pas si c'est ce que vous dites, mais c'est de la logique. Y a pas plus logique sur terre que Jean-Marie Poëlon. Poëlon, c'est moi. A part ça, le bon Dieu, y devrait quand même, lui qu'a le bras long, empêcher la fermeture.

— Mon fils, si vous voulez tomber dans le canal et vous y noyer, Dieu ne vous en empêchera pas.

— Ça n'a aucun rapport, mais c'est logique, commenta l'amateur de logicisme. Il ajouta, ce logicien à l'état brut : Puisqu'il fait chaud, y a pas, c'est le moment de boire un coup.

Il tira sur une ficelle et une bouteille de blanc surgit de l'onde, plus belle que cette païenne d'Aphrodite et comme elle ruisselante de gouttelettes. Poëlon fit, pour justifier sa soif :

— Je suis aux P.T.T. Un postier, c'est plus digne qu'un garde-pêche.

Il sortit deux timbales de sa musette, en tendit une sans ambages au moine.

— Je ne sais pas si..., murmura Frère Grégoire, hésitant.

Le jovial Poëlon ne riait plus, virait à l'aigre :

— Quoi? Vous voulez pas trinquer avec un honnête homme? Si c'est pour me faire affront, mon père, vous pouvez circuler. Vous commencez à me friper les bottes, avec votre péché par-ci, votre péché par-là.

— J'en ai point causé, se défendit Frère Grégoire en rougissant. L'autre trancha, forçant son vis-à-vis à accepter le gobelet :

— Quand on pèche point, on pense qu'à ça. C'est en péchant qu'on pèche le moins, finalement. Goûtez-moi ça, c'est du pouilly-fuissé, attendez pas qu'il chauffe.

C'était une faute grave que de boire du vin en dehors du monastère, plus grave certes que d'avoir fait un pied de nez à Frère Eustache. C'était de la gourmandise, de la sensualité. Mais comment, en refusant, ne pas blesser cet homme pour qui c'était, le geste auguste du trinqueur, l'unique façon de communiquer avec ses semblables? Qu'avait-il dit, au juste, cet employé des P.T.T.? Oui : « C'est en péchant qu'on pèche le moins. » Évidemment, il éliminait d'office le péché d'intention, ce qui paraissait un peu fruste d'un strict point de vue catholique.

Le voluptueux Poëlon emplissait les timbales :

— Ça aussi, mon père, c'est une invention du bon Dieu. Moi, en tout cas, c'est ça qui m'y ferait croire.

— Vous y croyez?

Poëlon n'était pas un maniaque de la métaphysique. Il s'en sortit comme il le put :

— Vous savez, hein, nous, dans les postes, on n'est pas garde-pêche.

C'était « logique ». Le cartésien Poëlon, de sa timbale, heurta avec sérieux celle qui rafraîchissait avec tendresse le creux de la main du religieux :

— A la tienne Étienne, mon père! C'est pas pour vous tutoyer, c'est la formule qui veut ça.

— J'y sais bien, reconnut Frère Grégoire en trempant ses lèvres dans le vin, avec, au cœur, des tas de battements et l'inquiétude d'entendre tonner la voix de Dom Chrysostome : « Arrêtez, Frère Grégoire! Vous buvez le vin de l'impie! » Mais Dom Chrysostome n'apparut pas et Frère Grégoire, quoi qu'il en eût, dégusta une, puis deux, puis trois gorgées de ce vin d'or fruité, gouleyant, ensoleillé. De l'été en bouteille. Il avait, ce vin de délices, Frère Grégoire chassa vite cette idée folle aux ailes de frelon, quelque chose de trouble et de féminin.

Poëlon avait vidé d'un trait son gobelet. Il n'y mettait aucun des problèmes ou des arrière-pensées qui secouaient le moine :

— Eh bien! C'est y pas le bon Dieu en caleçon de flanelle, ça? Je parie que vous en avez pas du même, au monastère!

— Ça non...

Le postier reprit, bouleversé :

— Si ça se trouve, vous en buvez pas une seule goutte, de pinard?

Frère Grégoire songea aux bonnes paroles de saint Benoît : « L'usage du vin ne convient pas du tout aux moines. Mais comme il est impossible de leur faire entendre raison, on leur en donnera un peu à chaque repas. » Il rassura le pêcheur :

— On en a un peu à chaque repas.

— Ça doit être une jolie bibine, une sacrée piquette. Allez, un autre canon!

— C'est que... je vais à Diou.

— Et alors! Ça vous fera circuler le sang dans le jarret. Vos globules rouges, y doivent être plutôt pâles des genoux, dans votre boulot.

Poëlon, en versant, fit déborder les calices :

— Remarquez qu'on y boit comme des porcs. Avec ce petit glouglou-là, y nous faudrait du saucisson à l'ail, pour apprécier. Ou des moules à la crème. Ou des pieds de mouton à la ravigote.

Frère Grégoire fut pris d'un vertige. Satan passait un pied fourchu par la botte de ce postier soiffard. Le moine chuchota, et le ciboire tremblait entre ses doigts :

— *Vade retro Satana!*

Le Satana des P.T.T. ne tomba pas en poudre pour si peu, et s'esclaffa :

— Ah! si vous me parlez latin, on va plus se comprendre, mon père!

Frère Grégoire, désemparé, le regarda dans les yeux :

— Remerciez Dieu, mon fils.

Poëlon soutint l'éclat de ces prunelles mystiques posées sur le lampion de son nez :

— Je veux bien, mon père, mais de quoi? De son pouilly? Du beau temps? Des ablettes?

— D'être en vie.

— Je fais que ça! Je peux continuer très longtemps, autant que ça lui chantera. Moi, ça me va, la vie. Qu'est-ce qu'on peut faire d'autre, d'abord? Je suis logique...

Héroïque, Frère Grégoire vida sa timbale en s'efforçant de trouver au pouilly un arrière-goût de bouchon. Il n'y parvint pas. Le vin lui parfuma doucereusement le palais, puis le gosier, puis tout le corps.

— Merci, mon fils, et bonne pêche!

— Vous aussi, mon père, répondit Poëlon distrait par une chasse de perche dans les roseaux.

Frère Grégoire s'éloigna du postier comme d'un brasier. Il aurait dû se méfier d'un homme qui pêchait en période de fermeture, ce n'était pas dans l'ordre. Frère Grégoire se reprocha vertement d'avoir accepté les deux « canons » de ce tentateur que le Malin avait placé sur son chemin ainsi qu'un avatar du jeu de l'oie. Il les avait non seulement acceptés, mais savourés. Ils lui embaumaient encore l'estomac. Un spécialiste comme saint Antoine eût repoussé d'une sandale désinvolte les séductions de cette bouteille. Humble moinillon, Frère Grégoire restait bouche bée devant les bienheureux, ces médailles d'or du christianisme. « J'aurais dû, puisque je suis indigne, songeait-il, en boire qu'un seul, de canon. C'est le deuxième qu'est mauvais pour mon âme. Pour me punir, je boirai pas de vin pendant une semaine. »

Ce programme de pénitence le réconforta. Il ramena pourtant la sanction à quatre jours, marchanda. Les quatre jours ne furent plus que trois, bondirent à quinze dans un sursaut de conscience. Quinze jours, malgré tout, c'était un peu disproportionné avec l'ampleur de la faute, devenait de l'orgueil. Frère Grégoire transigea, s'arrêta à deux jours, un par verre de pouilly, ce qui était *logique*, selon Poëlon.

— J'irai plus voter, grommela-t-il. Si j'étais pas dans un pays où qu'on vote plus souvent qu'on se lave les pieds, ça n'arriverait pas. Y a un mur autour de l'abbaye, l'en faudrait un autour du monde.

Il passa la main sur son crâne rasé. Ce crâne perlait de sueur comme dégouttait d'eau la bouteille maléfique. A présent, le blanc maudit lui tapait sur la tête, l'étourdissait de ses charmes. Ce sybarite de Poëlon grésillerait, mêlé à ses ablettes, dans la friteuse de l'enfer. Frère Grégoire s'assit dans l'herbe, abasourdi. Il coula un œil sur sa droite. Aucun moine n'apparaissait sur le chemin. Avec un de ses compagnons pour béquille, frère Grégoire eût tout risqué, tout bravé. Il était seul, ici, et en péril. Il essaya de se souvenir des fiers préceptes de Léon Ollé-Laprune (1839-1898), philosophe catholique dont il avait, au scriptorium de l'abbaye, décrypté non sans fil à retordre un fort volume. Frère Grégoire, à l'étude, préférait la conduite de son tracteur. Il n'était pas de ces moines intellectuels dont le chef distendu de savoir entrait à peine dans le capuchon.

La pensée rigoriste d'Ollé-Laprune ne lui fut d'aucun secours. Restait Dieu, mais il s'offrait apparemment, par ce beau jour du premier tour des présidentielles, la grasse matinée. Frère Grégoire invoqua encore l'âme d'Armand de Rancé, le fondateur de son Ordre, ladite âme sonna « occupée ». Et la péniche se fit chair, la chair se fit péniche.

La Belle-de-Suresnes, fier esquif chargé d'anthracite, fendait de son étrave l'eau du canal. Elle avait surgi sur la gauche du moine, ralentissait tout à coup en un bouillonnement produit par l'inversion de ses moteurs.

A sa proue, un marinier malingre, une amarre à la main, scrutait la berge de son œil valide, l'autre étant poché, cerclé par un hématome d'un violet à rendre jaloux un évêque.

Le marinier avisa l'homme assis sur la rive, cria :

— Monsieur! S'il vous plaît! Hé, monsieur! Attrapez ça, et enroulez-le autour d'un arbre!

Frère Grégoire se leva, et son interlocuteur démonté faillit oublier de lui jeter la corde :

— Oh! pardon, monsieur le curé!

Mais un curé, en l'occurrence, pouvait servir aussi bien qu'un percepteur ou qu'un gendarme, et le batelier, sans plus tergiverser, lui balança son câble. Le moine s'en empara, ravi de cette modeste diversion à ses soucis, se hâta d'en ceinturer à cinq ou six reprises le plus proche peuplier.

La Belle-de-Suresnes s'immobilisa tout contre le bord, en un long chuintement de vaguelettes. Sa tâche accomplie, Frère Grégoire se retourna.

En maillot de bain deux-pièces et bleu céleste,

une dame, allongée dans un transatlantique, se rasait nonchalamment la toison noire d'une aisselle, le bras tendu vers le soleil.

Le malheureux Trappiste, pour ne pas offenser cette femme dont il avait violé l'intimité, n'osa pas se signer, sentit toute une suée impure lui glacer les reins.

— Mon Dieu, bredouilla-t-il, y a pas, vous êtes en train de m'abandonner.

Jailli des brumes du passé, le fantôme en combinaison d'indémaillable rose de la mère Françoise ricana dans les feuillages, et ce rire tintait à la façon du ululement de la hulotte. Frère Grégoire entendit encore, irréels, les effrayants jurons de Toussaint Baboulot, puis toute une pétarade magique de bouchons de bouteilles de mousseux.

L'impudique de la péniche demeura interdite, le rasoir sous le bras, face à ce religieux ahuri qui la considérait à travers toutes les flammes de l'enfer.

— Ben ça, alors, fit-elle avec un fort accent d'Ivry, de Clichy, du XIVe ou de la rue Rambuteau, c'est vous qu'avez?...

Elle mima du doigt l'enroulement d'un filin autour d'un tronc.

— C'est moi, avoua Frère Grégoire, plus rouge sous sa robe blanche qu'écrevisse cuite ou que cardinal cru.

La jeune femme tempêta :

— Quel con, non mais quel con! Il a suivi des cours à Polytechnique pour être si con, c'est pas possible que ça soye de naissance!

Elle minauda pour tempérer l'effroi grandissant de Frère Grégoire :

— C'est pas de vous que je cause, mon père, c'est de mon mari.

Puis elle hurla, non pas à pleins poumons mais plutôt à pleins seins, ceux-ci tendant si fort le soutien-gorge qu'à chaque syllabe la bretelle vibrait à la façon d'une corde de contrebasse :

— Mathurin! Mathurin! Ramène ta fraise, ou ça va fumer sur ta gueule!

La bretelle gémit mais résista. « Pourvu qu'elle tienne! » pria l'infortuné cénobite. La gracieuse s'excusa :

— Faites pas attention, y pige que couic si je parle autrement.

Frère Grégoire ne « pigea que couic » à ces propos fleuris et le nommé Mathurin livra avec diligence ses quarante kilos aux pieds du transatlantique.

— T'es bien la pomme, rugit la mignonne, t'es bien la truffe! Tu m'arrêtes pile devant un Capucin alors que je suis à moitié à poil. Va me chercher un peignoir, tu vois pas que j'ai honte, moi, devant ce pauvre monsieur!

Sa confusion ne sautait pas aux yeux aussi clairement que sa poitrine. Mathurin s'inclina avec humilité devant son irascible épouse, exécuta une révérence maladroite à l'adresse du Trappiste, s'engouffra dans la cabine, en ressortit empêtré dans les plis d'un éclatant peignoir de plage d'un vert de bonbon acidulé. La belle luronne en drapa ses attraits temporels, fit bouffer de la main sa violente chevelure plus sombre que tout le charbon que transportait

La Belle-de-Suresnes. Puis elle commanda d'une voix de sergent de Marines américains :

— Et maintenant, tire-toi. Je veux plus te voir avant midi. Et t'avise pas de rentrer saoul comme une bourrique, sans ça je te ferme l'autre œil!

— Oui, Muscade chérie, chevrota le chétif Mathurin.

— Tu me rapporteras des mentholées à bout filtre.

— Oui, Muscade chérie, fit le grêle Mathurin en un soupir.

— Et soupire pas si fort, pochetée, fœtus, bouton de fièvre, ou je me lève!

— Te lève pas, Muscade, te lève pas, je m'en vais.

Il jeta en guise de passerelle une longue planche entre la berge et le pont, décrocha une bicyclette et gagna le chemin de halage. Avant d'enfourcher son vélo, il exécuta pour Frère Grégoire pétrifié quelques salamalecs en bégayant :

— Et merci bien, monsieur le Capucin, merci bien!

Il s'éloigna d'une pédalée soudain frénétique pour échapper aux dernières vociférations de sa légitime :

— T'as compris, figure d'anchois! Si tu te beurres comme un Petit-Lu, t'auras droit à une fricassée de talons hauts sur le tarbouif!

Seule avec le moine qu'elle surplombait d'un mètre de bordage, l'éthérée Muscade lui sourit de la jolie fleur rouge de sa bouche :

— Pardonnez-moi, mon père, mais il m'énerve, ce rat d'égout, il me tue, il me flingue, ce borborygme!

Elle devait associer ce mot savant à l'image d'un

insecte pour le moins coprophage. Atrocement embarrassé, Frère Grégoire balbutia :

— Soyez patiente, ma fille, avec celui à qui Dieu vous a unie... les liens sacrés du mariage...

Muscade la brune se rembrunit davantage :

— C'est pas ce qu'il a fait de mieux, de m'unir à cette entérite, à cette fausse-couche. Il aurait mieux fait de se casser une patte, ce jour-là!

— Ne blasphémez pas, mon enfant, finit par bafouiller le moine.

— O.K., mon père, vous avez raison. Montez donc cinq minutes, j'ai besoin d'un prêtre, j'en ai pas approché depuis ma communion.

— C'est que... je ne suis pas prêtre, se défendit Frère Grégoire, je suis un simple moine.

— Et alors? C'est pas du kif? Enfin... c'est pas pareil?

— Il y a des moines qui sont prêtres, on les appelle révérends, et d'autres qui ne le sont pas. Je ne suis qu'un modeste religieux.

Muscade lui sourit encore, oblique, insolente, et ce sourire au curare paralysa sa victime :

— J'entrave pas, mais ça fait rien. Prêtre ou pas prêtre, montez, mon père. J'ai besoin de vous. Vous pouvez pas me refuser le secours de la religion.

C'était un cas de conscience, en somme, qu'outre ses cuisses elle lui exposait là. Le Trappiste tituba dans cette ornière spirituelle. La marinière insistait :

— Vous n'avez pas le droit, mon père, de négliger mon âme.

Elle ressemblait furieusement à un soutien-gorge, cette âme, mais Frère Grégoire pensa à Dom Chrysostome. Le Père Abbé n'eût pas hésité, malgré les périls. Pour se pencher sur une âme qui l'implorait, il se fût jeté dans le feu, à plus forte raison sur un pont de péniche.

— Montez, reprit Muscade tout à coup plus terrestre, montez, on boira l'apéro!

Frère Grégoire s'engagea sur la planche, faillit choir dans le canal. Muscade s'était dressée, lui tendait la main :

— Tenez-vous mon père, sans ça vous allez tomber au bouillon.

Cette main était trop veloutée, trop lisse, trop soignée à l'huile d'amandes douces, trop petite, trop parfumée, Frère Grégoire ne respira que lorsqu'il l'eut lâchée, que lorsque ses grossières sandales touchèrent le bateau.

La femme poussa le moine devant elle, le fit s'asseoir sur un tabouret. Sans vergogne, elle ôta son peignoir, s'allongea dans son transatlantique :

— Ça vous gêne pas que je continue à bronzer, hein? Vous savez ce que c'est.

Si, cela le gênait. Non, il ne savait plus depuis longtemps « ce que c'était ». Mais il ne put ni protester ni fuir, fasciné par les serpents qu'étaient les jambes nues, dorées comme des pains, de l'Ève fluviatile. Il transpirait d'abondance.

— Ce que vous devez crever de chaud, le plaignit-elle. Vous devriez porter des robes de nylon quand il fait ce temps-là. Faut dire que c'est joli, votre uniforme, ça vous va drôlement bien, ce bidule noir sur le blanc. Ça s'appelle comment?

— Un scapulaire, bêla Frère Grégoire d'une voix étrange.

— Et l'étoffe? Ah! dites donc, ça ferait des pantalons du tonnerre!

— C'est de la bure...

— Faudra que je m'en paie un mètre sur cent vingt, rêvassa-t-elle avant de reprendre : et où que vous alliez comme ça?

— J'allais voter. Je suis Trappiste, là, à côté.

— Mince, vous êtes Trappiste! s'extasia-t-elle. Excusez-moi de vous avoir traité de capucin. J'y connais que dalle. Enfin... j'y connais rien. C'est des cracks, les Trappistes, des caïds. Et vous avez le droit de sortir?

— Pour aller voter, par exemple. Et puis on a quarante hectares en dehors de l'abbaye, faut bien qu'on y cultive. Mais on évite de voir du monde. C'est la règle de l'Ordre cistercien de la stricte observance. Les Cisterciens réformés, c'est les Trappistes.

— Vous en savez, des trucs et des machins, gloussa-t-elle, très impressionnée cette fois par cet homme qui lui semblait échappé d'un tombeau.

Elle ajouta, timide :

— Et vous vous ennuyez pas à cent sous de l'heure, dans votre couvent?

Frère Grégoire s'épongea d'un coup de manche :

— Non, ma fille. Nous ne connaissons que la joie. Nous sommes si près de Dieu.

Il se secoua :

— Mais parlons plutôt de vous, de votre âme qui souffre.

Muscade haussa les épaules comme pour signifier que son âme dolente pouvait attendre cinq minutes, se mit debout d'un bond de lionne :

— On verra ça après le pastaga, mon père!

Elle plongea dans la cabine non sans avoir effleuré de son flanc une des oreilles écarlates du religieux. Frère Grégoire, fiévreux, entendit un fracas de verre cassé suivi d'un « Bon Dieu de bon Dieu! » retentissant. Il fit, crucifié :

— Dites plutôt merde, ma fille, je préfère.

— Je vous demande pardon, lui répondit la voix de Muscade. D'ailleurs on a du vase, c'est qu'une bonbonne de flotte.

La jeune femme revint, porteuse d'un plateau sur lequel elle avait disposé une bouteille d'anis, un pot à eau, un autre de glaçons, deux verres. Elle servit avec dextérité l'apéritif puis reprit sa position horizontale.

Une croix d'or brillait entre les seins de Muscade, et le soleil tapant sur cet ornement diaboliquement pectoral aveuglait de reflets les yeux exorbités du moine sur le gril. La croix du Golgotha... celle des Apôtres... celle des Martyrs...

— Qu'est-ce que vous regardez, mon père, pouffa le Belzébuth en bikini, mes doudounes?

Ce bel animal n'y voyait aucun mal, aucun péché n'effleurait son esprit. Muscade enchaîna, toute naturelle :

— Faut boire, sans ça la glace va se faire la malle.

Ces senteurs de femme et d'alcool, la chaleur assommaient Frère Grégoire. Il sombrait dans un bien-être louche, un paradis de miroirs déformants. Déjà Muscade trinquait, et les verres eurent comme un bon rire.

— A la vôtre! fit la voix de la femme, une voix tendre et jumelle de celle des anges.

Le dernier pastis bu par Frère Grégoire remontait au déluge de l'occupation. Une bouffée de sa jeunesse lui barbouilla le cœur, lui mouilla les yeux. Le Diable, qui avait coincé le moine entre une cuisse de naïade et une boisson trouble couleur de mimosa, dégustait le sandwich.

La marinière buvait comme un matelot natif de Douarnenez. Déjà son verre était vide, déjà elle le remplissait, tançait Frère Grégoire :

— Eh bien, mon père! Vous faites pas honneur à la Trappe! Je suis sûre que des Chartreux ou des Bénédictins auraient déjà éclusé leur godet!

Fouaillé dans son orgueil de Cistercien, Frère Grégoire alla jusqu'au bout de sa faute, jusqu'à l'ultime goutte. Mais elle était, cette faute, trop agréable, trop savoureuse, et il murmura, horrifié :

— C'est un péché, ma fille, un grand péché!

Elle s'esclaffa, et les trilles de cette gorge de tourterelle le criblèrent de plus de flèches que n'en reçut jamais saint Sébastien.

— Ah! ce que vous êtes rigolo, mon père, sauf votre respect! Me faites pas rire, j'ai les lèvres gercées! Mais qu'est-ce que vous en savez, du péché? Vous parlez de ce que vous ne connaissez pas.

— Je l'ai connu, se débattit Frère Grégoire, la tête transformée en toupie vrombissante.

Muscade avait une certaine expérience des hommes.

Elle rit de plus belle et de plus en plus belle comme le jour.

— Souvenirs d'enfance, mon père, souvenirs de régiment! C'est amnistié depuis longtemps! A confesse, vous devez pas faire un tabac! Comment qu'on vous appelle?

— En religion, Frère Grégoire.

— Grégoire, c'est gentil. Grégoire...

Elle mâchait ce nom avec volupté, ce nom devenait mangue, grenade sous ses dents. Elle regarda soudain le moine dans les yeux, suave, et lui posa une question insolite :

— Vous aimez Dieu, Grégoire?

Elle avait dit : Grégoire. Il cria de toutes ses forces :

— Oui!

Elle sursauta :

— Je suis pas sourde! Moi, j'aime la vie.

— C'est du pareil au même. Dieu, c'est la vie, la vie, c'est Dieu.

— Peut-être, Grégoire, peut-être. A condition de les mélanger, comme l'eau et le pastis. Faut pas les faire voyager dans deux compartiments qui ne communiquent pas. Qu'est-ce qu'il en a à foutre, Dieu, que vous buviez un apéro ou un quart Vittel? Que vous mangiez du poulet ou des topinambours? C'est pas ça qui vous le fera l'aimer moins, non?

— Non bien sûr, admit Frère Grégoire dont tous les pores coulaient comme fontaines tant il était décontenancé d'écouter cette femme à demi nue, d'aller même jusqu'à l'approuver. Muscade rompit pour ne pas l'alarmer davantage, posa un vieux disque 78 tours sur un vieux phonographe :

— La tasse avec tout ça, on va finir par se disputer. M'agacez pas comme Mathurin, mon petit Grégoire. On va se faire un peu de musique.

La voix de Tino Rossi s'éleva, et frissonnèrent tout ensemble l'eau du canal, les roseaux de la rive, les cheveux de la femme et la peau de la femme :

A bord de ma péniche,
Du monde je me fiche,
Quand l'amour il chante son refrain
Le roi n'est pas mon cousin...

Muscade, tout en chantonnant pour soutenir Tino durant cette dure épreuve, emplit derechef les deux verres.

— Mon enfant..., tenta de protester Frère Grégoire, mais sa voix avait cette fois les langueurs, les veloutés de celle du chanteur.

La main de Muscade se posa, furtive, caressante, sur le crâne rasé :

— Taisez-vous donc, Grégoire, laissez-vous vivre. Pour une fois que vous péchez, tâchez au moins que ce soit bon. Ça vous fera un plus joli remords.

Sur mon chaland fidèle,
Venez, venez, les belles!...

graillonnait le disque, instrument des mélancolies de Muscade. Elle s'épanchait et, machinaux, ses doigts couraient sur la joue du moine qui n'osait plus frémir d'un cil :

— J'ai trente-deux ans, Grégoire, et je me demande

ce que j'y fabrique, moi, à bord de ma péniche. Ça fait quatre ans que je suis là-dessus avec cette pelure de Mathurin. Au début, il m'appelait Poil de Corbeau. Il pesait soixante-dix kilos à l'époque. Il en a laissé trente au plumard tellement qu'il m'aimait. Maintenant, c'est le tutu, qu'il aime, le jaja. Le vin, quoi, tu piges pas vite, Grégoire. Il est devenu sournois, faux-cul, ce poulpe, et je vois plus, si je me tire pas, que la mort-aux-rats comme solution. Mais je vais me débiner. Y a des moments, dans la vie, où il faut avoir le courage de quitter sa péniche. Sans ça, on va au fil de l'eau, sans vivre, en se faisant du cinoche, et on crève sans être allé ailleurs qu'au cinoche. C'est peut-être ton cas, Grégoire, tu ferais pas mal d'y gamberger sur le pouce entre deux angélus.

Il ne s'insurgeait plus, se laissait bercer, flotter, se laissait vivre, comme elle disait. Ma foi, tant pis, il se repentirait plus tard, il aurait tout son temps pour cela. Là, il était trop bien, emmitouflé dans les douceurs du pastis et de ce doigt qui dessinait ses lèvres.

— Tu sais que t'es bel homme? murmura-t-elle. T'as dû l'oublier. On n'a pas dû te le dire souvent, au monastère.

Cette idée incongrue le fit sourire. Muscade sourit aussi puis lui confia tout bas :

— Tu devrais revenir ce soir. Je donnerai le feu vert à Mathurin pour le tonneau. Une fois bourré, il roupillera sur le pont. Tu pourras sortir, au moins, de ta crémerie?

— Je ne sais pas, souffla Frère Grégoire.

— Tu peux quand même sauter le mur, non?... Pour moi?...

— Je l'ai déjà sauté.

— Ah la canaille! Pour une femme?

— Oh! non. Je l'ai sauté dans l'autre sens, pour y entrer.

— Je comprends pas.

— Il n'y a rien à comprendre, mon enfant.

— M'appelle pas mon enfant. Si ça me rajeunit, ça te vieillit. Appelle-moi Muscade. C'est pas joli, Muscade?

— Oui... Muscade...

Il le répéta, ce mot, tant il lui fondait dans la bouche :

— Muscade...

Il ajouta, trimbalé par le mascaret d'un infini vertige :

— ... Petite créature du Diable...

Attendrie, elle baisa ses paupières closes :

— Erreur, mon père, erreur, vous me copierez quinze Pater et quinze Ave avant ce soir. Le Diable n'a rien créé. Je suis une créature de Dieu.

Les lèvres de Muscade atteignirent les lèvres de ce qui, déjà, n'était plus qu'un homme, un misérable à l'image de tous les hommes quand les femmes, ces dockers insoupçonnés, les soulèvent comme plume entre leurs faibles bras, les emportent, les gardent ou bien les jettent à la poubelle.

Elle l'embrassa. Il était plus désarmé qu'un enfant. Elle soupira, apitoyée :

— Mon pauvre Grégoire. Tu ne sais même plus embrasser, si tu l'as su un jour. Je t'apprendrai.

Elle l'embrassa encore, et ce fut mieux. Par la grâce du pastis, leurs langues avaient le bouquet de sorbets à l'anis.

« J'embrasse un Trappiste, songeait Muscade non sans vanité, ça fait un drôle d'effet. Un Trappiste, c'est plus rare qu'un légionnaire. Ça a pas dû arriver à des tas de louloutes, d'embrasser un Trappiste! »

« J'embrasse une femme, songeait Frère Grégoire en perdition totale et la paume égarée sur un sein, j'embrasse une femme, c'est des affreusetés, des abominations, pardonnez-moi mon Dieu, mais c'est point de ma faute si c'est si bon, c'est de la vôtre... »

Ce fut Muscade qui se dégagea la première de cette étreinte extravagante aux yeux d'un athée, monstrueuse à ceux d'un chrétien, étreinte qui n'était évidente, innocente, que pour les ablettes du canal.

— Faut qu'on s'arrête, Grégoire, sans ça on va croquer la pomme dans de mauvaises conditions. Il fait trop clair, il fait trop chaud, il faut que ce soit bien. Très bien. Quand c'est pas bien, ça n'en vaut pas la peine, autant boire un coup.

Comme il se levait, oppressé et chagrin, elle le retint :

— A propos de coup, on s'envoie le dernier?

Il avala, sans scrupules cette fois, son troisième pastis. Elle lui serra la main :

— A ce soir, Grégoire?

— Peut-être, Muscade...

— Y a pas de « peut-être ». A ce soir, je te dis. Tu as fait le plus gros, le plus difficile.

— A ce soir, Muscade...

Il s'avança en titubant sur la planche qui le ramenait sur terre, au sens propre ainsi qu'au figuré.

— Fais gaffe! recommanda la jeune femme.

Il atteignait presque la berge lorsqu'une de ses sandales rata la passerelle. Il tomba tout droit dans le canal, ne se trempa que jusqu'au ventre, le peu de profondeur de l'eau ne lui en permettant pas davantage. Il pataugea dans les roseaux, s'ébroua enfin sur le chemin.

— Tu n'es pas trop mouillé? s'inquiéta la marinière.

— Pas trop. Ça séchera, fit-il en tordant le bas de sa robe. Il s'éloigna non sans s'être retourné à vingt reprises en direction de la péniche. Sur le pont, l'éclatante Muscade, émue, regardait trottiner le moine, en zigzag de temps à autre, dans la poussière. Dès qu'il fut hors de la vue de sa séductrice, Frère Grégoire faillit se couronner les rotules en s'agenouillant tout à trac. Il clama, face au ciel:

— Mon Dieu! faites-moi mourir, ou je vais culbuter, c'est sûr. Si je ne meurs pas avant ce soir, j'irais la retrouver, je ne peux pas ne pas aller la retrouver. Reprenez-moi en votre sein!

Dieu ne répondit pas et, en fait de sein, Frère Grégoire ne pensa plus qu'à ceux de Muscade, jusqu'à la mairie de Diou où l'entrée de ce religieux hagard, en nage, l'habit encore tout dégoulinant d'eau, stupéfia les membres du bureau.

L'un d'eux s'empressa :

— Un accident, mon père?

— Que dalle, mon fils, que dalle, marmonna à tout hasard Frère Grégoire.

Des langues impies prétendirent qu'il fleurait le pastis à trois mètres. On repoussa avec indignation ces calomnies. On n'eût par contre, hélas! aucun doute quant à son vote.

Avant de s'enfermer dans l'isoloir, le moine ne ramassa qu'un seul bulletin et toutes les personnes présentes, incroyantes ou non, purent voir, de leurs yeux voir, que c'était celui du candidat communiste.

2.

La fin de cette journée fut difficile pour Frère Grégoire. Tout d'abord, au travail des champs, l'après-midi, aveuglé par un soutien-gorge bleu ciel, il aventura son tracteur dans une ornière infranchissable et faillit périr écrasé dans la chute de l'engin. Cette maladresse stupéfia les autres moines, jusque-là envieux des qualités de conducteur de leur compagnon. Par gestes, Frère Grégoire, honteux de sa fausse manœuvre, expliqua qu'il ne pouvait s'agir que d'une défaillance mécanique. Alors les témoins de l'affaire se joignirent à lui pour louer Dieu d'avoir épargné la vie de Frère Grégoire. Mais ce dernier, *in petto*, n'y voyait qu'un signe d'assentiment, et sa prière fut de ce style : « Que votre volonté soit faite, Seigneur. Puisque vous ne voulez pas de ma vie, c'est que vous exigez de moi que je me soumette à l'épreuve que vous m'avez envoyée. J'irai. »

L'esprit de Frère Grégoire sauta les vêpres où son maintien bizarre, son manque d'attention furent attribués à sa cabriole de tout à l'heure.

Au réfectoire, pour le dîner, Frère Grégoire adressa sans aucun motif la parole à Frère Ildefonse. Frère Ildefonse crut comprendre que Frère Grégoire lui avait dit : « Dis donc, pochetée, fœtus, bouton de fièvre, passe-moi le sel ou ça va fumer sur ta gueule! », mais c'était si parfaitement invraisemblable qu'il ne l'eût certes pas assuré sur la Sainte Bible. Quoi qu'il en fût, le simple fait que l'un d'entre eux eût élevé la voix sidéra tous les moines, et les visages dissimulés sous le capuchon se tournèrent, y compris celui de Dom Chrysostome, vers le responsable de cette incongruité. Celui-ci n'en resta d'ailleurs pas là, renversa le vinaigre et brisa une assiette.

Ce fut pire à complies, mais le drame demeura intérieur. Alors que, dans la chapelle, tous les Cisterciens entonnaient pieusement le psaume *Ecce nunc benedicite Dominum*, Frère Grégoire se surprit à fredonner l'air un tantinet profane d'*Abord de ma péniche — Du monde je me fiche*. Dieu merci, cette fois, son voisin n'était autre que Frère Aventinus, sourd comme un pot, « sourd comme une Trappe », plaisantait Dom Chrysostome qui étalait volontiers un certain sens de l'humour.

Frère Grégoire, dans sa cellule du dortoir, se coucha tout habillé non sans avoir fait une toilette de jeune marié. Il lui parut que son cœur battait plus fort que la cloche de l'abbaye. Comment pourraient s'endormir, victimes d'un semblable vacarme, ses confrères? Ils y parvinrent néanmoins, et les ronflements stridents de Frère Nicéphore, qui se plaignait d'avoir le sommeil plus fragile qu'un vase de Sèvres, le rassurèrent.

Il se releva et, les sandales à la main ainsi que dans une scène conjugale de vaudeville, fila dans les couloirs. En cas de rencontre, il prétendrait qu'il se rendait aux lieux.

Il sortit sans encombre du bâtiment. La nuit, largement échancrée, étoilée, avait la douceur, la saveur des lèvres de Muscade. Le moine, se hâtant, passa non loin de l'étang du moutier. Toutes les grenouilles, pour saluer le noctambule, coassèrent un vibrant chant d'amour. Frère Grégoire bénit à la va-vite ce monde animal auquel il retournait, la bête et la tête les premières.

Arrivé au potager, il extirpa une échelle de la réserve à outils, la dressa contre le mur. Il ne s'agissait pas, cette fois, de se briser un tibia. Il la fit glisser de l'autre côté lorsqu'il se fut juché sur la crête de l'enceinte. Il n'y avait plus, entre lui et les menaces du monde, que les barreaux de cette échelle. Il se garda de les scier, descendit grâce à eux tout au bas de la pente fatale pendant qu'à ses oreilles bourdonnaient des *Te Deum* étrangement mêlés de *Requiem*.

Sur le pont de *La Belle-de-Suresnes*, Mathurin cuvait son douze degrés, dépouille recouverte d'une bâche ainsi que le fut Noé d'un pudique manteau lors de la première cuite de tous les temps. Muscade en peignoir avait placé un fanal sur le toit de la cabine pour guider sa phalène jusqu'à elle. Du plus loin qu'il le vit, Frère Grégoire le confondit avec l'étoile des Rois Mages. Il s'arrêta sur le chemin. Il pouvait encore, au prix d'un courage surhumain, revenir sur ses pas. Il n'eût été, ce renoncement, que jeu d'enfant pour n'importe quel saint avide d'une élogieuse citation dans les Écritures ou le Petit Larousse. Frère Grégoire s'interrogea, effleuré tout à coup par l'aile du scepticisme. Ces justes avaient-ils connu d'autres tentations que celles, suspectes, offertes par des viragos, des vieilles chouettes, des repoussoirs, des poinçonneuses de tickets de métro, des auxiliaires féminines de la police et autres maritornes? Eussent-ils aussi bien résisté aux charmes de Muscade? La question demeurait posée. De plus, dans son obscurité quotidienne, Frère Grégoire n'avait pas fait carrière dans le péché d'orgueil, n'avait jamais posé sa candidature à l'auréole. En l'occurrence, il poursuivit sa route en voletant, eût-on dit, porté par les élytres de son ample robe.

La marinière avait entendu les pas de cette vaste pie noir et blanc :

— C'est toi, Grégoire?

— Oui.

— Je suis contente que tu aies pu venir. Tu peux monter, l'autre bille est défoncée. De toute façon, s'il a le malheur de bouger, le Mathurin, je l'étale d'un autre marron dans l'œil. Je t'éclaire, pique pas encore une tête dans le cidre.

Elle le prit par la main, l'entraîna dans la cabine.

— Tu sens bon, Grégory.

« Grégory » s'était frotté le corps d'encens, le seul parfum valable qui pût se trouver dans un monastère.

— Vous aussi, fit le moine, la gorge sèche.

— C'est du « Coucou fais-moi peur » de chez Guerlain, expliqua-t-elle.

Muscade s'assit sur la couverture, invita sa proie à s'installer auprès d'elle. Il la devinait nue sous ce peignoir, ce peignoir qui, tout à l'heure — quand? —

balancé d'une main sûre, irait se pelotonner sur une chaise.

Elle s'aperçut que, tout contre elle, le moine tremblait.

— Tu as les miches, Grégorio?

— Quelles miches? bégaya-t-il, fermé aux subtilités de la langue parisienne.

— Tu en as si peur que ça, du « Coucou fais-moi peur »?

— Oui, Muscade.

Elle posa sa joue sur son épaule.

— Faut pas, Grégoire. Ça se passera bien. Tu peux me caresser les cheveux, tu sais.

Ses gros doigts de paysan lui caressèrent les cheveux. Muscade fit en un souffle, entrebâillant avec discrétion son peignoir :

— Si tu le veux, tu peux aussi me caresser la poitrine, ça se fait.

Il lui caressa la poitrine, mais ce contact le bouleversa tant qu'il se mit debout, éperdu :

— Je ne peux pas, madame. Je ne peux pas. Je m'en vais. Faut que je rentre.

Elle se leva sans un mot, alla à la porte qu'elle ferma à clé.

— Laissez-moi partir, suppliait Frère Grégoire.

Elle sourit, se toucha la paupière de l'index et lança, goguenarde :

— Et mon œil? C'est un chou de Bruxelles?

Elle éteignit brutalement la lumière et Frère Grégoire perçut le froufrou du peignoir qui glissait en vipère lubrique sur le parquet.

Il n'eût, cette nuit-là et la suivante, que le temps de rentrer en courant au monastère, de remiser l'échelle à sa place, de revêtir son habit de chœurs et de se joindre innocemment aux autres Trappistes pour assister à l'office de trois heures du matin.

A la fois las et guilleret, il chantait avec foi, remerciant Dieu de tout son être pour lui avoir donné tant de joie et, sinon la paix de l'âme, du moins celle du corps.

Comme il s'endormait, le jour, sur son travail et ses dévotions, le frère infirmier lui administra des fortifiants qu'il accueillit avec enthousiasme.

Au cours de la troisième nuit de leur sabbat, Muscade lui tint la tête entre les mains et lui dit :

— Grégoire, quoi qu'il arrive, ne te repens pas de ce que nous avons fait ensemble, ne le salis pas en écoutant tous ceux qui pourront te raconter que ce n'était pas bien. N'oublie jamais qu'on n'a pas fait de mal.

— J'y sais bien, reconnut gravement Frère Grégoire en lui flattant la croupe, qu'elle avait élastique et craquante sous la dent, j'y sais bien qu'on n'en a point fait. Si c'était ça, le mal, où qu'y serait, le bien?

Muscade déboucha une bouteille de mirabelle et les deux amants infernaux, de fil en aiguille, de petit verre en petit verre, la vidèrent, roulèrent, d'abord l'un sur l'autre, puis sous la table.

A quatre heures, le moine ouvrit un œil injecté de liqueur, le posa sur le réveille-matin.

— Putain de moine, jura-t-il, perdant le respect qu'il devait à son état, je suis foutu, j'ai raté l'office!

Y doivent tous se demander où que j'ai passé!

Muscade s'étira, panthère noir et rose :

— Alors, c'est pas la peine de t'en faire. Y te passeront un savon, et c'est marre. Fais-moi des papouilles.

Il lui fit des papouilles, mais le cœur n'y était plus. Il se mit tant bien que mal debout.

— Y a une tempête sur le canal, grogna-t-il, épaté. Ça secoue la péniche.

Pâteuse elle aussi, Muscade partit d'un rire suraigu :

— C'est toi qui la secoues, la péniche, papa. Arrête de valdinguer d'un bout de la cabine à l'autre.

Par le hublot, Frère Grégoire vit pâlir dans le ciel l'étoile Lucifer, l'étoile du matin. Il se rhabilla à la volée. Muscade bâilla, murmura, dolente :

— C'est pas des façons de se quitter, Grégoire. En coup de vent, c'est vachement triste.

— Faut m'excuser, mais si j'y vais pas, y vont faire le cirque, prévenir les gendarmes. Je reviendrai ce soir.

— C'est ça, fit-elle morose. Ce soir... Si tu veux...

Il l'embrassa un peu partout :

— Bien sûr que je veux, Muscade.

Elle le coiffa de son capuchon :

— Attrape pas la crève, au moins.

Elle s'entortilla dans la couverture, l'accompagna sur le pont. La face ahurie de Mathurin sortit de dessous la bâche. C'était la troisième nuit que sa femme lui livrait le tonneau.

— Bonjour, monsieur le curé, bredouilla-t-il, effaré d'avoir peut-être, à son insu, reçu l'extrême-onction, seule raison plausible de la présence à bord du religieux.

Muscade s'empara d'une rame qu'elle brandit et agita en moulinets dangereux autour du crâne de son époux :

— Rentre dans ton trou, cloporte, ou tu n'es plus qu'une bouillie sanglante!

Ce ton imité de l'antique fit s'aplatir Mathurin sous la toile.

Dans la brume de l'aube, les silhouettes déformées du moine et de sa bien-aimée eussent ravi les amateurs du cinéma impressionniste allemand. Cela dura peu, tourna au mode chaplinesque lorsque Frère Grégoire, s'arrachant à l'étreinte enivrante tant chantée par Tino, se rua sur la passerelle. Mirabelle, panique, le religieux dérapa sur la planche et, comme à sa première visite, chut dans le canal.

Il faillit cette fois se noyer, et Muscade dut le pousser jusqu'à la berge à l'aide d'une gaffe. Gaffe dont elle estourbit tout net un Mathurin qui, alarmé par le bruit du plongeon, avait osé couler un œil à l'air libre.

Frère Grégoire recracha une ablette pour mieux crier :

— A ce soir, mon ange!

Elle lui envoya un baiser qui bourdonna longtemps comme une abeille sous son capuchon.

Dans la porcherie de la ferme, à l'abbaye, une statue de saint Antoine veillait sur les cochons. Les mains de pierre du saint, étendues au-dessus des portées de gorets, les bénissaient ainsi que les généreuses mamelles des mères truies.

Le frère porcher, Frère Hiéronimus, entra ce

matin-là dans son domaine en vouant sa journée d'espoir et de labeur à la Vierge Marie ainsi qu'il en avait coutume. Jusque-là, donc, en son ordinaire, rien d'extraordinaire. Mais la fourche qu'il avait saisi pour nettoyer les litières lui tomba de la main quand il vit un moine allongé dans la paille d'un box, aux côtés d'un verrat qu'il enlaçait par le cou. L'insolite locataire ronflait sous les fétus.

— Eh ben, eh ben, proféra Frère Hiéronimus pour marquer sa surprise, eh ben, eh ben.

La règle de l'Ordre ne lui interdisait pas l'usage des onomatopées. Celles-ci ne l'éclairant pas sur la personnalité de son collègue, le porcher s'approcha, s'agenouilla, débarrassa la tête de l'inconnu du capuchon qui masquait ses traits. Frère Hiéronimus identifia de façon certaine un Frère Grégoire dont l'absence à l'office de nuit, puis au petit déjeuner, à la lecture, au chapitre, à la messe chantée, à l'office des laudes avait fait plus que d'intriguer ses pairs.

— Eh ben! reprit Frère Hiéronimus frappé de stupeur, eh ben, eh ben!...

Le porcher était, avec Frère Grégoire, un des rares authentiques Bourbonnais de l'abbaye. Frère Grégoire était natif des environs de Dompierre-sur-Besbre, Frère Hiéronimus avait vu le jour à Thionne-les-Poires-Molles. Les deux locaux, ruraux jusqu'au bout des sabots, s'appréciaient fort en temps normal. Là, Frère Hiéronimus eut une moue de dégoût. Frère Grégoire ronflait toujours, plus porcin d'aspect que son compagnon de fourrage. Frère Grégoire sentait l'alcool. Il sentait aussi d'autres odeurs, des capiteuses, des vaporeuses, que le porcher n'avait jamais humées. Des fleurs de rouge à lèvres s'épanouissaient sur les joues, le front, le crâne de Frère Grégoire en un parterre démoniaque. Enfin, la robe et le scapulaire de l'indigne, trempés, fumaient en séchant sous les bras de saint Antoine.

Frère Hiéronimus toussa, au-dessus de ces fumerolles d'enfer, et ne put que lâcher un « Merde alors! » peu monastique mais qui en disait long sur ses pensées. Il tenta de sauver ce qui, de son compatriote, pouvait encore être sauvé. Il le secoua avec énergie. Frère Grégoire sursauta et hurla :

— Muscade!

Le verrat sursauta, Frère Hiéronimus sursauta de même. Frère Grégoire, quand il vit son copain de Thionne, grognonna, stupéfait :

— Qui que tu fous là, toi?

— C'est plutôt à toi..., commença Frère Hiéronimus indigné, avant de se rappeler qu'il lui fallait se taire.

— Laisse-*me* dormir, gémit Frère Grégoire de son plus bel accent, fous-m'donc la paix. J'suis malade comme une béte — il prononçait : é — comme une béte, t'entends donc point, vieille bricole!

Le doigt sur les lèvres, Frère Hiéronimus tentait désespérément de lui imposer silence. Mais Frère Grégoire, estimant avoir dit l'essentiel, retombait comme un sac sur l'arrière-train du porc et se rendormait là, plus vrombissant qu'un Boeing 747.

Frère Hiéronimus, désolé, abandonna son camarade sur sa couche d'infamie. Son devoir, à présent, lui commandait de prévenir Dom Chrysostome du retour, parmi les porcs, de la brebis égarée.

Dom Chrysostome était un ancien colonel entré en religion avec la fougue d'un brave à trois poils. Il n'avait conservé de son passé militaire qu'une altière prestance, gouvernait Sept-Fons avec sagesse et bonhomie.

— Ça y est, songea le Père Abbé en voyant accourir à lui le frère porcher, quelque aventure est encore survenue aux pensionnaires de Frère Hiéronimus. Je paierai cher pour entendre un vétérinaire prononcer ses vœux solennels et rester à l'abbaye pour notre repos et le plus grand bonheur de Frère Hiéronimus.

Le frère porcher, après avoir salué son supérieur, se mit à claquer des doigts et à hocher la tête en tous sens, tout en gloussant des « Ah ben!... Ah ben!... » pour signifier que l'affaire était d'importance.

Dom Chrysostome, résigné à entendre d'atroces détails sur la mise bas d'une truie, ordonna :

— Parlez, Frère Hiéronimus.

Le Trappiste n'attendait que cela pour, volubile, ouvrir les vannes :

— Ah! mon père, ah! mon père, eh ben! vous parlez d'une tournée, c'est à pas y croire, il a fallu que je me pince, j'y aurais ben jamais crue possible.

Dom Chrysostome sourit, indulgent :

— Frère Hiéronimus, louons ensemble les conventions qui régissent notre Ordre. Dès que vous parlez, c'est pour ne rien dire, pour manier la litote ou brasser le courant d'air. Si vous devez proférer des sons, au fait, et apprenez-moi en deux mots ce qui ne va pas avec vos cochons.

Frère Hiéronimus s'agita :

— S'agit point d'eux, mon père. Y vont bien. Enfin, y vont pas trop mal. Ce qui va pas, c'est que je viens de trouver un homme qui ronfle à côté d'eux dans le fumier et qu'est soûl comme une vache, sauf votre respect, mon père.

Il reprit haleine, acheva en fanfare :

— Mon père, Frère Grégoire est dans la porcherie!

Malgré son sang-froid, Dom Chrysostome eut un tic violent qui lui fit s'entrecroiser les deux yeux :

— Frère Grégoire! Soûl comme... comme...

— Une vache, parfaitement, mon père, répéta Frère Hiéronimus qui pensait que le Père Abbé n'avait pas saisi le sens de sa métaphore.

— Merci, j'avais compris! cria Dom Chrysostome en prenant sans ambages, d'un pas martial, le chemin de la porcherie. Frère Hiéronimus, chaussé de sabots, avait des difficultés à le suivre, trottinait à ses côtés :

— Vous y sentirez comme moi, mon père, y sent la goutte de prune à plein du nez, et j'y connais, la goutte de prune, j'ai quasiment été élevé avec. A Thionne, on en est voraces comme des chiens.

— Silence, Frère Hiéronimus! Maintenant, vous bavardez.

Le frère porcher s'effaça pour laisser entrer le premier Dom Chrysostome dans la soue. Ils entendirent grogner le verrat las des assiduités de Frère Grégoire qui lui prodiguait, dans son délire, baisers et mots câlins.

— Ma chérie, râlait le scélérat, Muscade chérie, fais-moi des papouilles.

Dom Chrysostome pâlit et tonna, non sans s'être signé au préalable :

— Frère Grégoire!

Un sourire voluptueux défigura le misérable qui poursuivit en un rêve :

— J'arrive, Muscade! On va rigoler!

Dom Chrysostome, horrifié, se pencha sur son moine : ce n'était pas du sang qui lui barbouillait ainsi le visage, mais du rouge à lèvres. L'événement prenait des proportions qui n'étaient plus celles d'un simple abus de spiritueux. Le Père Abbé s'étrangla :

— Frère Hiéronimus! Passez-moi un seau d'eau!

Le porcher obéit. S'emparant du récipient, Dom Chrysostome en balança sans fioritures le contenu sur le crâne de Frère Grégoire. Asphyxié, le pervers se dressa en braillant :

— Bordel!

Hors de lui, le Père Abbé l'empoigna aux épaules :

— Pour l'amour du ciel, Frère Grégoire, taisez-vous, et reprenez vos esprits!

L'amant de la marinière, suffoqué, reconnut enfin son patron et, d'instinct, rectifia la position en balbutiant :

— Faites excuses, mon père. Migraine. Malade.

Le rouge à lèvres, délayé, lui coulait sur le menton. Écœuré, Dom Chrysostome ordonna :

— Lavez-vous, le péché ruisselle sur votre face. Lavez-vous et suivez-moi!

Tout malheureux, Frère Grégoire se dirigea vers

la pompe pendant que l'abbé prenait à part le préposé aux pourceaux :

— Frère Hiéronimus, vous n'avez rien vu. Il ne faut pas que ce scandale éclate et fasse tache d'huile. Répondez-moi par un signe de tête.

Frère Hiéronimus en exécuta plusieurs d'affilée, tant il aimait s'exprimer.

A peu près nettoyé des marques extérieures de l'affection de Muscade, Frère Grégoire, l'oreille basse, emboîta le pas de plus en plus martial de son supérieur. Lorsqu'ils s'enfermèrent dans son bureau, Dom Chrysostome avait repris calme et maîtrise. Il s'assit, laissant l'accusé debout. Il frappa d'emblée, fixant des yeux avec douleur le débauché :

— Vous, Frère Grégoire! Vous! En première ligne depuis vingt-six ans dans les bataillons de Dieu! Bon moine, jamais puni. A peine un péché véniel par-ci par-là, des broutilles. Un exemple de joie et de simplicité! Je ne comprends plus, vraiment je ne comprends plus. Ne baissez pas la tête et regardez-moi.

Une flaque d'eau s'ébauchait aux pieds de Frère Grégoire. Dom Chrysostome pointa sur lui un doigt vengeur :

— Avant toutes choses, Frère Grégoire, on jase, en ville! L'immonde triomphe, l'athée pavoise, l'hérétique ricane! Pouvez-vous me dire pourquoi, ce dimanche, vous avez voté communiste?

Frère Grégoire, sous l'outrage, perdit son maintien tout d'humilité et rugit :

— Ah! non, mon père! Tout mais pas ça! C'est des inventions du diable, des menteries épouvantables!

Dom Chrysostome cogna du poing sur la table :

— Il suffit! N'aggravez pas votre cas par d'inutiles dénégations! Six fidèles de la paroisse de Diou, six hommes dignes de foi, sans parler des incroyants hilares, vous ont vu prendre un seul bulletin, celui du candidat matérialiste, et le jeter dans l'urne. Ne vous avais-je pas, ainsi qu'à tous vos frères, laissé entière liberté de vote, mais recommandé chaudement, pour la gloire et l'intérêt de l'Église, le pieux monsieur Pompidou?

Frère Grégoire, ahuri, murmura :

— J'y comprends point. Je m'aurais trompé. C'est bien sûr point ce que je voulais faire.

Le Père Abbé haussa les épaules :

— Passons. Mettons cela sur le compte de la bêtise. Nous dirons que vous étiez victime d'une insolation. Vous vous rachèterez au second tour en votant pour monsieur Pompidou aussi ostensiblement que vous ne l'avez pas fait au premier.

— Je vous y promets, mon père.

Dom Chrysostome éleva les yeux au plafond, joignit les mains :

— Mon Dieu, s'il ne s'agissait, à la rigueur, que de cela! Je tremble d'ouïr, à présent, ce que vous allez me raconter. Dites-moi la vérité, puisque aussi bien vos crimes d'ivrognerie, de fornication et d'absence aux offices ne sont hélas que trop clairement établis.

Frère Grégoire commença par : « D'abord, tout ça, c'est de la faute aux élections... », n'omit pas l'épisode du Pouilly de Poëlon, exposa plus bas qu'au confessionnal toute l'aventure Muscade, que rythmèrent les soupirs désolés de l'Abbé, puis acheva : « ... Elle m'a même donné sa photo. »

Accablé, écarlate, Dom Chrysostome fut au moins une minute avant de pouvoir ouvrir la bouche. Il prit enfin la parole :

— Pauvre, pauvre Frère Grégoire! En quelles profondeurs êtes-vous tombé, en quel bourbier! Militaire, j'en ai entendu, des insanités, au mess des officiers, dans les salles de garde. Vous les surpassez toutes. En trois jours, vous avez accumulé la plus belle collection de péchés qu'il m'a été donné en soixante ans de vie de voir étalée sous mes yeux!

Se souvenant de sa jeunesse, de ses virées avec l'ami Baboulot, Frère Grégoire prit un air modeste. Dom Chrysostome, époustouflé, se leva, se mit à tourner dans la pièce, les mains derrière le dos. Il marmonnait, branlant du capuchon :

— Mais que faire, Frère Grégoire, que faire! Vous mériteriez, bien sûr, d'être chassé de l'Ordre sans aucun recours. Mais que deviendriez-vous, dans la rue? Je n'ai pas le cœur, moi, de perdre votre âme, cette âme que vous avez compromise dans un instant de démence. Si je soumets votre cas à Rome, le procès est jugé d'avance, quand bien même ferions-nous état de vos vingt-six années de belle et bonne religion, plaiderions-nous l'irresponsabilité passagère. A Rome, on ne fait pas de sentiment, vous seriez rayé des cadres et mis sans pitié à la porte de la maison, de votre maison, Frère Grégoire.

C'était plus sérieux que le « savon » prévu par Muscade, et Frère Grégoire se mit à pleurer. Il n'avait que celle-là, de maison, il y avait été heureux, on ne pouvait l'en expulser comme un chien galeux. Ces larmes émurent Dom Chrysostome, qui se rassit et se mit à jouer, embarrassé, avec le fil du téléphone. Après quoi, il jongla machinalement avec sa gomme. Celle-ci lui échappa, rebondit plusieurs fois gaiement dans la pièce avant de s'immobiliser, mal adaptée à l'intensité dramatique de la situation. Dom Chrysostome, enfin, toussota et dit :

— Vos pleurs vous sauveront peut-être, Frère Grégoire. Je vais vous mettre en observation. Hormis Frère Hiéronimus et moi-même, personne ici ne sait rien des monstrueuses turpitudes auxquelles vous vous êtes adonné tel un bouc, un bélier. Si votre contrition m'apparaît sincère, et vous n'aurez pas trop de toute votre vie pour vous repentir, je vous entendrai en confession, vous donnerai l'absolution. Cela sans préjudice des pénitences et des mortifications auxquelles vous aurez bien entendu le droit et le devoir d'aspirer.

Frère Grégoire n'eut pas l'air de saisir toute l'ampleur de ce cadeau royal offert à ses vingt-six ans d'ancienneté. Il considérait avec stupidité, à travers ses larmes, un Dom Chrysostome qui finit par l'interroger durement :

— Reprenez-vous, Frère Grégoire, et dites-moi que je n'ai pas tort de compter sur votre repentance? Elle engage mes fonctions, le comprenez-vous?

De ses deux poings fermés, Frère Grégoire s'essuya les paupières, songea non sans courage à celle qui l'avait mené là, questionna à son tour, déférent :

— De quoi qu'il faut que je me repente, d'abord, mon père? De quoi, au juste?

Dom Chrysostome faillit en avaler la gomme qu'il venait de ramasser :

— Ah! ça, Frère Grégoire, comme on dit vulgairement à la caserne, vous vous foutez de moi?

Sous ses yeux agrandis par l'horreur, Frère Grégoire prenait une autre dimension qu'il définissait ainsi :

— Mon père, on peut pas se repentir d'une chose qu'a été si belle et si propre. Vous pouvez pas me demander de me repentir si je me chauffe au soleil du bon Dieu, si j'écoute chanter les oiseaux du bon Dieu. On se repent de ce qui est mal, pas de ce qui est bien.

Dom Chrysostome éclata :

— Pas d'insolences, Frère Grégoire! Laissez donc tranquilles le soleil et les oiseaux du bon Dieu, ils n'ont rien à faire dans vos égouts, s'il vous plaît. Vous avez accompli l'œuvre de chair avec une créature ignoble, et mariée de surcroît, pour tout arranger, et vous me demandez où est le péché? Faut-il que je vous envoie à l'infirmerie? Une douche vous sera peut-être plus utile que l'exercice de mon ministère.

Frère Grégoire, vaillant, osait ergoter :

— Mon père, vous avez parlé d'œuvre de chair...

— Et alors? De quoi d'autre s'agissait-il?

— J'ai fait l'amour, mon père, l'amour.

— Pas de grossièretés, je vous prie. Cela s'appelle œuvre de chair, chez nous.

— Chez nous, oui. Mais chez elle, j'ai fait l'amour.

— L'œuvre de chair! tonitrua Dom Chrysostome.

— L'amour! cria Frère Grégoire, oubliant tout respect.

L'abbé se voulut plus habile, plus subtil que ce simplet enfoui jusqu'au cou dans ses erreurs. Il rit avec condescendance :

— Ne nous énervons pas, mon ami, et parlons posément. N'employez pas des mots dont vous ignorez le sens.

— J'ai fait l'amour, s'entêta l'impossible moine. C'est là-dessus qu'il faut me juger, si on doit me juger. L'amour, pas l'œuvre de chair. L'œuvre de chair, d'accord avec vous, mon père, c'est laid, c'est sale. Pas l'amour.

Dom Chrysostome ricana :

— L'amour! Avec cette créature peinte, et qui déteint! Je la vois d'ici, cette femelle. Si la première roulure venue a raison de votre âme, Frère Grégoire, je ne vous fais pas mes compliments.

Frère Grégoire se détourna, blessé :

— Moi, mon père, si j'étais que de vous, je n'insulterais pas une femme.

— Ah non! Je vous vois venir avec Marie-Madeleine! Jésus n'est pas allé jusqu'à coucher avec, que je sache! Si vous n'acceptez pas de vous repentir...

— Je ne peux pas. J'ai pas péché.

— En ce cas, parfait. Votre dossier ira à Rome.

Las, Frère Grégoire, sans solliciter de permission, s'assit sur une chaise :

— Ce n'est pas la peine, mon père. Je préfère m'en aller tout seul de l'abbaye.

Il réfléchit, ajouta :

— Pas tout seul. Dieu me suivra.

— Le Dieu pour les ivrognes, sans doute!

— Mon père, pourquoi que les ivrognes n'auraient-ils pas un Dieu?

Il agita les mains, fataliste :

— J'y vois bien qu'il faut que je m'en aille. Ça me manquera bien, ma maison, mais on pourra pas m'y faire dire, et j'y dirai jamais, que le bien, c'est le mal. J'y peux pas. Faire l'amour comme ça, c'est pas du péché, c'est du bonheur. C'est ce que je pense, pour une fois que je pense. Je vous comprends, mon père, ma place est plus ici. Ça fait vingt-six ans que je me traite, et qu'on me traite de pécheur tous les jours, du matin au soir et du soir au matin. Je m'aperçois que c'était pas vrai. Pour être pécheur, faut pécher. Eh bien! je vais pécher, et jusque-là! Si le péché ça s'appelle Pouilly et Muscade, c'est pas grave. C'est pas ça qui me fâchera avec le bon Dieu. On pourrait se brouiller, tous les deux, seulement si j'étais envieux ou méchant, si j'aimais l'argent ou si je l'aimais plus, lui.

La résignation de son moine en révolte désarçonnait Dom Chrysostome. Il tenta encore de l'intimider, le tutoya virilement pour mieux le convaincre :

— Écoute. Je te parle comme à un soldat. Tu offenses ce Dieu que tu as servi si longtemps. Si tu l'offenses, comment veux-tu qu'il t'aime encore?

Rétif, Frère Grégoire bougonna :

— C'est pas prouvé que je l'offense. On n'est que des serviteurs. Même vous, mon père, qu'êtes haut placé, vous pouvez pas causer pour lui. Vous avez beau être cent fois plus instruit et plus intelligent que moi, ça m'empêchera pas d'avoir maintenant ma petite idée là-dessus. « C'est en péchant qu'on pèche le moins », qu'il m'a dit, le postier.

— Elle n'est pas nouvelle, ta petite idée, comme tu dis. Et tu la tiens d'un incroyant.

— Les incroyants, ils m'ont pas mal parlé de Dieu, pour des gens qu'en savent rien. Il les intéresse quand même. Sont pas tous idiots, faut croire...

Il soupira profondément :

— Ça m'embête de vous quitter...

— Alors reste, tête de mule! J'arrangerai tout, tiens!

Le moine toucha du doigt sa tête de mule :

— Oui, mais là-dedans, vos arrangements, ils arrangeront rien du tout. Si je restais, je le referais, le mur. Tous les soirs. Insistez pas, mon père.

Dom Chrysostome excédé se laissa aller à quelques éclats de voix :

— Oh! je n'insiste pas pour te garder! Je n'ai pas envie que tu me contamines tout le couvent avec tes vieilles âneries sur le péché, aussi vieilles que le péché. Pas envie que tu me foutes la vérole spirituelle à tous les religieux, que tu me changes Sept-Fons en écurie de moines de saint Bernardin! Tu n'es pas le premier homme d'Église à s'égarer dans la forêt des séparatismes, des scissions, des schismes et des hérésies, à les ramasser, à mélanger les champignons comestibles avec les vénéneux. On la connaît, cette race d'anarchistes de Dieu, de braconniers de Dieu! Comme il est muet, on lui fait dire n'importe quoi, à Dieu. Tout le monde lui apporte son petit *play-back* personnel. Aujourd'hui, tiens, les curés veulent se marier. Demain, ils voudront se marier entre eux! Pars, Grégoire, pars, je ne te retiens pas!

Frère Grégoire ne voulait pas peiner son supérieur. Il murmura :

— Je veux pas dire que j'ai raison, mon père. Mais faut suivre ce qu'on croit être sa vérité, c'est ce que je me dis. Elle a été ici, pour moi, et je regrette pas ces vingt-six ans où j'ai été heureux comme pas deux. Maintenant, elle est dehors, ça fait que je sors.

— Et où iras-tu, bourrique? grogna Dom Chrysostome avec une pointe de sollicitude et en baissant le ton.

Frère Grégoire s'anima :

— J'irai travailler dans une ferme, c'est tout ce que je sais faire. Comme y a des prêtres ouvriers, moi, je serai une espèce de prêtre cultivateur. Mes vœux solennels, je me les garde au fond de moi, même si vous estimez qu'ils sont rompus. L'autre jour, mon père, à la lecture, vous nous avez parlé des missionnaires qu'évangélisaient les sauvages du Zoulouland. Eh ben! moi je pars évangéliser les paysans de l'Allier. Y en a dans le tas qui valent bien les Zoulous.

— Elle va être jolie, ta bonne parole, persifla l'abbé : « Soûlez-vous, couchez avec la femme des autres, et vous irez tout droit au Paradis! » Là, évidemment, tu vas avoir des adeptes, prêcher des convertis!

Frère Grégoire ne répondit pas. Dans l'esprit de cet individuel flambant neuf, Dom Chrysostome représentait déjà une autre Église. La religion de Frère Grégoire était faite.

Dom Chrysostome appuya sur une sonnette. Un moine ouvrit la porte :

— Frère Timothée, lui dit l'abbé, allez au dortoir et ramenez-moi les affaires personnelles, ainsi que les habits de travail de Frère Grégoire.

Dès qu'ils furent à nouveau seuls, il railla :

— Tu comprendras, Grégoire l'apostat, que je ne peux pas te laisser faire le gugusse dans tout le département en robe de Trappiste!

— J'allais vous demander des habits civils, mon père. J'aurai toujours le respect de l'Ordre.

— Parlons-en! Tu l'as déshonoré dans les bras de cette... de cette...

Grégoire mentit un peu pour consoler l'abbé :

— Elle y connaissait rien, la pauvre enfant. Je lui ai dit que j'étais un Dominicain.

Dom Chrysostome dut se pincer les lèvres pour ne pas trop sourire de cette excellente plaisanterie. Frère Timothée reparut, déposa sur le sol un balluchon et un paquet de vêtements, tout en coulant un regard intrigué vers Frère Grégoire. Dom Chrysostome, qui le savait bavard, même avec les mains, satisfit sa curiosité :

— Frère Grégoire part en mission en Nouvelle-Calédonie.

Frère Timothée s'inclina, courut dans les couloirs propager l'événement.

— Une désertion, commenta l'abbé, c'est toujours mauvais pour le moral des troupes. Je préfère qu'on te croie chez les nègres.

Non sans émotion, Frère Grégoire retira sa robe et son scapulaire, revêtit son vieux pantalon bleu, sa chemise kaki, la veste rapiécée, le chapeau de paille, tous ses habits des champs qui allaient désormais composer son costume de tous les jours.

Dom Chrysostome lui tendit quelques billets de banque :

— Prends ça et ne discute pas. Ça te permettra d'attendre ta première paye. Grégoire, si tu te repens, reviens. Tu ne reviendras jamais, pour tout le monde, et même pour moi, car j'aurai tout oublié, que de la Nouvelle-Calédonie. C'est moins loin, finalement, que le pays où tu vas.

Grégoire bredouilla un vague merci. Dom Chrysostome était aussi affecté que lui. L'ancien militaire argumenta encore :

— C'est ton dernier mot? Tu es sûr que tu ne peux plus rester avec nous? Si je veux n'avoir rien vu, rien entendu, c'est mon affaire. Bède le Vénérable, à qui saint Bernard reprochait d'accueillir pour la troisième fois un moine fugitif, lui rappela que saint Pierre avait par trois fois renié Jésus et que le juste, qui était tombé sept fois, s'était relevé sept fois.

— Je m'en vais, fit Grégoire tout bas.

— Je t'accompagne. Mais que ta sale caboche se souvienne de ce que je t'ai dit.

— Elle n'y manquera pas, mon père.

Grégoire jeta le balluchon sur son épaule et marcha sur les talons de Dom Chrysostome. Pour la dernière fois la brebis suivait son pasteur avant de s'égarer dans les étranges pâturages. Cette ultime promenade dans l'abbaye fut pour Grégoire tout un chemin de croix à son échelle. Il faillit abandonner, renoncer à l'effrayante liberté qui l'attendait, renier Muscade comme l'eût fait saint Pierre, revenir à des notions de péché plus conformes au dogme.

Dom Chrysostome dut sentir ce flottement, se retourna et fit, tentateur :

— On peut encore dire qu'il y a contrordre, tu sais, question Nouvelle-Calédonie?

Grégoire se roidit. Il devait aller au bout de son choix. Sans qu'il le soupçonnât, à cinquante ans, il avait faim de vie. Ses errances théologiques n'étaient là que pour servir d'alibi à ce brusque appétit. Il grommela, bourru :

— Et mon œil? C'est un chou de Bruxelles?

Dom Chrysostome tressaillit :

— Quoi? Qu'est-ce que tu parles de chou de Bruxelles?

Effronté, Grégoire prétendit qu'il n'avait « point causé de chou de Bruxelles », et Dom Chrysostome le tint pour dérangé, ce qui expliquait tout à coup bien des choses. « On le retrouvera à l'hôpital psychiatrique d'Yzeure », prédit le Père Abbé, ce qui le réconforta quant à la solidité et à l'avenir du monachisme. Timbré, Grégoire était en règle avec lui-même.

Ils étaient arrivés à la porte du couvent. Jovial, Dom Chrysostome tapa sur l'épaule de Grégoire :

— Eh bien, bonne chance, mon vieux braco! Reste au moins un brave homme, un bon garçon, en souvenir de nous.

— Ça, mon père, vous pouvez en être sûr.

Puisqu'il était maboul, il n'était plus relaps. Aussi Dom Chrysostome le fit s'agenouiller pour recevoir une bénédiction qui, chou de Bruxelles aidant, n'avait plus rien de compromettant.

— Allez, relève-toi, et serre-moi la main.

Le cœur troublé, Grégoire Quatresous s'éloigna.

Pressant le pas, il se dirigea vers le canal sans une ombre d'hésitation.

Là-bas, après le tournant, *La Belle-de-Suresnes* lui apparaîtrait. Là-bas, Muscade en maillot deux-pièces l'attendait, allongée dans son transatlantique. Elle divorcerait. Elle l'épouserait. Ils vivraient dans une ferme, parmi les fleurs et sous l'aile du rouge-gorge. Elle l'aimerait. Elle aimerait Dieu, par la suite, et Dieu les aimerait.

Grégoire Quatresous courait presque, à présent. Ses souliers ferrés crissaient sur le gravier du chemin de halage.

Lorsqu'il eut passé le tournant, ce fut pour découvrir, rectiligne et figé sur un kilomètre, le canal vide, bordé par ses roseaux, ses peupliers. Les hirondelles ricochaient sur l'eau.

La péniche avait levé l'ancre. *La Belle-de-Suresnes* était partie, était déjà loin dans le temps et l'espace, très loin, plus loin que la *Santa-Maria* de Christophe Colomb.

3.

Grégoire Quatresous, ci-devant Frère Grégoire en religion, demeura immobile et pantois face à l'étendue de ce canal désert et sans espoir. Partie. Muscade était partie. Elle le savait, cette nuit, que la péniche s'en irait ce matin. Elle n'en avait rien dit pour ne pas le peiner. Elle avait simplement regretté leur façon de se séparer, en coup de vent.

Grégoire s'assit lourdement sur son balluchon, les jambes fauchées par la tristesse, sa première tristesse d'homme « comme tout le monde ». Pas gai, ce monde-là. Peut-être pas toujours fleuri d'autant de vin frais ni de Muscade à cueillir qu'il le rêvait...

Aussitôt sorti du monastère, Quatresous songeait à y rentrer précipitamment, à refermer ses lourdes portes sur sa désillusion, à se ruer dans la chapelle pour la plus ardente des amendes honorables, à crier des *mea-culpa*, à se couvrir le chef de cendre et de fumier. S'il l'avait suivi jusque-là, Dom Chrysostome l'eût ramené au bercail ainsi qu'un escargot.

Grégoire Quatresous comprit alors que la vie — calomniée! — du pécheur n'est pas cette crémeuse portion de saint-honoré, n'est pas cette pointe de sein agréablement renouvelée entre le pouce et l'index, n'est pas ce jeu d'enfant frivole, cette solution de facilité que l'on condamne en chaire sans les connaître autrement que de vue. Il comprit que le Dieu du croyant est sans cesse et selon ses désirs à portée de sa main, à sa disposition vingt-quatre heures sur vingt-quatre, alors que le pécheur à l'affût doit trimer dur pour s'assurer son péché quotidien. Que, somme toute, le péché n'est rien d'autre que l'oiseau rare du pécheur. Qu'il ne tombe pas tout rôti des enfers. Bref, qu'il n'est pas aussi courant, bon gré mal gré, que Dieu qui, par définition, est partout.

Cette méditation devant le canal — beau sujet pour un vitrail — chassa de l'âme de Grégoire ses velléités de retour en arrière. S'il devait un jour battre en retraite, revenir vaincu à la Trappe, il lui fallait du moins goûter la lie d'une coupe dont il n'avait lapé qu'une surface digne d'un chevalier du Tastevin. Avec ou sans Muscade, il devait piquer une tête dans la vie. Prendre un train de vacances. Il soupira, se releva. A ce moment, Dom Chrysostome ne l'eût ramené au bercail qu'entre deux gendarmes.

Repoussant toute mélancolie, tournant le dos à Sept-Fons, il prit la route de Dompierre-sur-Besbre.

Brusquement rejeté hors des stricts horaires du moutier, livré à ses humeurs, à ses fantaisies, il flânait, désorienté de ne plus entendre des cloches qui avaient tout réglé de son existence. Depuis vingt-six ans, on s'était occupé de lui comme d'un nourrisson, jamais il n'avait eu le souci de ses repas, de son budget, le libre arbitre de son travail, la latitude de ses pas. On avait tout pensé, tout régi pour lui, ses oreilles ne lui avaient servi qu'à entendre des ordres, sa bouche, hormis au réfectoire, n'avait été qu'un instrument de musique conçu pour vanter le Seigneur.

Il réapprenait, sur cette route offerte à ses croquenots, à marcher seul ainsi qu'il lui plaisait, à gauche, à droite, étrangement semblable aux paysans qu'il voyait dans les champs, aux retraités qui vaquaient dans les jardins. Cette liberté, cet anonymat ahurissaient Grégoire Quatresous, gêné aux entournures par cette renaissance subite qui lui tombait dessus à l'âge de cinquante ans. S'il avait eu le temps de s'y préparer quelques semaines, à cette nouvelle vie, peut-être ne l'eût-elle pas autant étonné. Mais là! Moine à onze heures, il ne l'était plus à midi, s'en allait à Dompierre les deux mains dans les poches.

Il y avait de quoi s'interroger sur les desseins du ciel et bayer aux corneilles ainsi qu'aux étourneaux qui le peuplaient, sans parler des anges qui y jouent de la harpe. Muscade perdue, il lui fallait retrouver sans plus tarder, s'il n'était pas défunt, son ami de jeunesse, Toussaint Baboulot. Il ne connaissait plus que lui, en dehors de Sept-Fons. Ses parents étaient morts. Si elle ne l'était pas, la mère Françoise devait ressembler davantage à un vieux balai de bruyère qu'à une femme. En outre, de toute évidence, son époux avait eu le loisir, même sans se bousculer, de rentrer d'Allemagne.

Au premier bureau de tabac qu'il rencontra,

Grégoire Quatresous commença à laisser Frère Grégoire derrière lui. Il s'acheta un carnet de feuilles Job et un paquet de gris. Il entra ensuite dans un bistrot, commanda une chopine d'une voix qu'il souhaitait naturelle et qui tremblait un peu. Il roula sa première cigarette non sans avoir, par maladresse, déchiré ou crevé vingt feuilles. « Quand j'étais jeune gars, songea-t-il, déçu, je les roulais d'une main... » Cela reviendrait vite. Il alluma cette saucisse informe, se versa un petit canon. Il but et fuma, aima le goût de la vie, apprécia le soleil qui ricochait sur les vieilles tables à dessus de marbre.

Il demanda au patron s'il connaissait Baboulot. Le patron ne vit aucun Baboulot parmi ses nombreuses relations.

En quête d'un Graal soudain nommé Baboulot, Grégoire interrogea un boulanger tout en lui achetant un quignon de pain, questionna un charcutier tout en lui payant un tronçon d'andouille. Ces commerçants ignoraient tout de Baboulot.

Un facteur qu'il arrêta par malencontre, avait fait le plein de super blanc et rouge. Bouleversé, le fonctionnaire éclata en sanglots :

— Baboulot! Ça, c'était un copain! Un vrai! Se serait fait tuer pour moi. L'en n'a pas eu le temps, le pauvre diable. C'est les Allemands qui l'ont tué.

— Les Allemands? bégaya Grégoire impressionné.

— Parfaitement. D'un coup de Volkswagen dans le dos, les lâches! L'ont aplati l'an dernier sur la route de Moulins. Pas plus épais qu'un imprimé, qu'il était, Baboulot, ou qu'une lettre recommandée.

Le hoquet qui ébranla son interlocuteur inspira Grégoire :

— Et Quatresous, Grégoire Quatresous, vous en avez-t-y des nouvelles?

Sans transition, le facteur se tapa sur les cuisses :

— Ce vieux Grégoire! Ah la vache! Un bon type aussi, çui-là. L'est commandant de C.R.S. Toujours prêt pour la rigolade. Bon métier. Pas foulant. Bonne retraite. Oui, oui, C.R.S. à Châteauroux, dans l'Indre. Indre, numéro 36. Sous-préfecture Issoudun, chef-lieu de canton Argenton. S'y z'étaient pas là, les C.R.S., quoi qu'on deviendrait? On serait tous pendus aux arbres par les trotskystes!

Dès que l'autre se mit à brailler : « Vive le commandant Quatresous! Gloire à nos héroïques C.R.S.! », Grégoire s'en écarta avec célérité, non sans remettre en cause la valeur des renseignements fournis par un homme aussi bien renseigné.

Il s'assit à la terrasse d'un café, mangea son pain et son andouille qu'il arrosa d'une chopine. Le vin, si parcimonieusement mesuré à la Trappe, coulait à flots dès qu'on l'avait quittée, et tant de facilité bouleversait, enthousiasmait Quatresous. La charcuterie, inconnue au couvent, réjouissait le palais de Grégoire, et ce morceau d'andouille fut l'un des plus beaux jours de sa vie, et Grégoire sifflota gaiement le *Te lucis ante terminum.*

La patronne vint tricoter à la table voisine. Grégoire entama la conversation, bien décidé à parler en toutes occasions :

— Il est bon, votre pinard, la patronne! Vingt-six ans que j'ai pas bu du pareil!

Elle rit, répondit :

— Faut pas exagérer, quand même! Ou alors vous débarquez de chez les Anglais, qu'ils boivent que du thé, là-bas. A propos, paraît qu'il pleut à Londres, ils l'ont dit dans le poste. Comme s'ils avaient besoin d'eau, qu'ils en ont toute l'année jour et nuit. Nous en faudrait plutôt chez nous, de la pluie, que ça va tout griller dans les jardins.

Ils conversèrent météo.

— Tout ça, affirma la bonne femme, c'est la faute aux avions à réaction. On va vers la fin du monde, d'abord. Même les moines, à Sept-Fons, qui votent communiste en rangs serrés, c'est pas mauvais signe, ça? C'est pas louche?

Grégoire confus se cacha le nez dans son verre tandis que s'énervait la tenancière :

— Des hommes qu'auraient pas fait de mal à une mouche, les voilà du côté des incendiaires, des assassins. Un jour, vous verrez qu'on y dira dans le poste, que Paul VI il touchait des sous des Russes. Ça peut pas se comprendre autrement, à mon idée.

Gêné, Quatresous orienta la conversation sur Baboulot. La patronne lui lança un regard méfiant :

— Parce que vous connaissez Baboulot?

Cela prouvait toujours qu'elle le connaissait, elle, et Grégoire s'illumina :

— Je l'ai pas vu depuis longtemps. Il est donc pas mort?

— Il en a pas envie, la carne! bougonna la femme. Un joli cadet, votre ami Baboulot. Heureusement qu'il est plus à Dompierre, ça fait qu'on le voit un peu moins souvent soûl dans les rues, par chez nous.

On l'appelle même plus Baboulot, d'abord, on l'appelle Saint-Pourçain.

Ce changement d'identité au bénéfice d'un cru, cette appellation contrôlée expliquaient les échecs répétés de Grégoire. Cette insolite canonisation saint-pourcinoise le troubla. Il fut pourtant ravi. Baboulot vivait. Même soûl, il remuait, du moins.

— Oh! poursuivait la bistrote, c'est un bon gars, quand il est pas gonfle [1]. Y a qu'un ennui, c'est que nous autres on le voit jamais autrement que gonfle comme une ouille [2]. Il est placé dans un domaine à Chavroches. Là-bas, c'est possible qu'il soye pas toujours plein. Faut quand même qu'il fasse son travail, pas vrai? Mais quand il vient à Dompierre c'est qu'il est en java avec son copain Stanislas, un arsouille comme lui. Un Polonais. A eux deux, c'est pas compliqué, ils boivent comme deux Polonais, à croire qu'il s'est fait naturaliser, Baboulot. Ils arrivent sur leurs vélos, comme deux Attila qu'ils sont, et ils vont faire peste et rage chez la mère Françoise, une vieille peau qu'a soixante-six ans, que son mari a eu le nez creux de mourir au Stalag, le pauvre homme, vu qu'il serait péri de honte s'il était revenu. Les voilà, les dernières nouvelles de votre ami. Pas grand-chose d'intéressant, votre ami.

Elle insistait sur l'amitié qui l'unissait à ce triste

1. Gonflé de nourriture ou de liquide. Par la maladie, pour les animaux.

2. Mouton (Auvergne et Bourbonnais). Du bas latin *ovicula;* de *ovis*, brebis. Même racine que ouailles.

sire. Grégoire ne répondit pas, perdu dans les buées de sa jeunesse surgie des eaux.

— Si vous tenez absolument à le voir, vous avez qu'à attendre ici le car de chez Simca, qui ramène les ouvriers jusqu'à Lapalisse. Vous vous faites arrêter à Chavroches.

— Merci bien, je vais le prendre.

— Il est pas de votre famille, au moins, Baboulot?

— Non.

— Tant mieux. Vous penseriez que j'en ai dit du mal. C'est pas dire du mal que de dire d'un poivrot qu'il boit un petit peu. C'est que la vérité.

Il avait quitté Baboulot soûl, sur un vélo, ouvrier agricole, membre de la congrégation des amants de la mère Françoise, il le retrouverait apparemment identique et fidèle à lui-même. Il ne pourrait que constater : « Tu n'as pas changé, Toussaint. »

Il vida sa chopine jusqu'à la dernière goutte. Il ne savait que trop le prix du vin pour en avoir si durement manqué, offrant ce sacrifice considérable à Dieu. Il ne rattraperait jamais, sur ce chapitre, un Baboulot qui n'avait pas chômé, lui, durant ces vingt-six ans.

« Faut pas regretter, pensa-t-il, faut pas. Il en sera que meilleur, le pinard d'aujourd'hui. Et je l'offrirai à Dieu comme je lui ai offert toute l'eau que j'ai pu avaler. Dans un sens, s'il aime ce qu'est bon, sûr que ça lui ira mieux. Il est pas plus bête qu'un autre. »

Il sourit à son camarade céleste, et Dieu lui cligna de l'œil en susurrant, facétieux : « Et çui-là? C'est un chou de Bruxelles? » Grégoire ne l'avait jamais, son Dieu, imaginé brandissant foudres et glaives. Plutôt agitant mollement des palmes, des rameaux d'olivier, des choses paisibles et familières. Dans son œuvre, parlait-on de tristesse, de mortifications, de louches chastetés, d'abstinences? Non. Elle était à ce point optimiste, au contraire, qu'on y ressuscitait des morts plus souvent qu'à leur tour, qu'on y sautait gaillardement d'un miracle à un autre ainsi que le banquiste va d'un trapèze volant à un trapèze volant. Le Dieu de Grégoire était un bon garçon, à l'image de Grégoire. Dieu, accommodé à plus de sauces que le poisson, était lingot ou coffre-fort pour qui aimait l'argent d'amour, buvait du sang avec une paille pour qui battait des mains devant la guerre en l'affirmant juste et purificatrice. Dom Chrysostome avait raison sur ce point : on ne prêtait à ce muet que les propos qu'on désirait entendre avec ravissement. Personne n'eût cru en Dieu si l'animal s'était permis de contrarier les gens. Il avait, Dieu merci, le silence prudent, laissait croire à chacun qu'il était dans le vrai, mais n'en faisait en fin de compte qu'à sa tête de Dieu.

Quatresous grimpa dans le car des ouvriers. Ceux-ci, tous des terriens des villages voisins, avaient dû abandonner l'exploitation familiale pour connaître les joies salubres de la fonderie. L'usine d'automobiles pouvait seule nourrir à présent ces fils des champs, et ils prenaient l'allure morne de pêcheurs d'Islande employés au métropolitain de Paris. Les ocres et les verts de la nature ne leur rappelaient plus que des teintes de carrosserie. Ces anciens hommes libres saluaient patrons et contremaîtres, lisaient l'heure au soleil de l'horloge pointeuse. La société les avait nivelés, rénovés, civilisés d'un seul coup de bulldozer.

Ils ne parlaient d'ailleurs, à cet instant, que du programme-télé de la soirée, et cette conversation parut à Quatresous aussi hermétique que savante. La télé, il ne l'avait vue qu'une fois, à la Trappe, où on l'avait dressée par exception lors d'un voyage du pape. Le poste, d'un vieux modèle, ne leur avait donné en spectacle qu'une série de traits horizontaux dont le gondolement plut à Grégoire, tant il ressemblait à l'idée qu'il se faisait de la mer.

Comme aucun de ces prolétaires ne s'intéressait à lui, Grégoire regarda par la vitre les vestiges des paysages de ses vingt ans, encore perceptibles au travers des maisons neuves, des remembrements de terrains. Mais tel pré, telle masure, n'avaient pas bougé, ni cet arbre, ni ce puits, ni cette mare, et Quatresous s'y réchauffait le cœur, et louait Dieu de lui avoir permis de revoir tout cela. Là, il avait crevé, à bicyclette. Ici, au retour d'une fête de 15 août, à Thionne, il avait, dans ce fossé, culbuté la Berthe qui était si vilaine, qui courait depuis si longtemps après un volontaire, qu'il avait dû l'étrenner, ma parole.

Il souriait, content, roulait une cigarette en jonchant de brins de tabac les jambes de son pantalon.

Mais où était passée Muscade, passée Muscade, passez muscade? Il avait tenu la parole qu'il lui avait donnée, de ne rien désavouer de leurs amours. A cause d'elle, ou grâce à elle, le froc gisait dans les orties. Ne la prendrait-il plus jamais dans ses bras, la ferme marinière au langage imagé qu'il n'avait qu'à demi compris? Les regrets que Dom Chrysostome avait en vain exigés de lui, il les ressentait, certes, mais pas dans le sens souhaité par le Père Abbé. Oui, il regrettait de toute son âme Muscade et son corps, Muscade et sa voix, et son rire, et sa main fraîche sur son crâne tondu. Il regrettait de n'avoir pu suffisamment se griser d'elle et de sa chair qui sentait les joncs, le minium, le soleil, le « Coucou fais-moi peur » et le pastis.

Grégoire Quatresous, heureuse nature, se dit qu'elle lui tomberait encore une fois du ciel, sa fiancée, et qu'il suffisait de l'attendre. Maligne comme elle était, elle saurait le dénicher où qu'il fût. Dieu remonterait quelque jour à lui, sans effort, les quarante kilos de Mathurin. Dieu rendrait à son ami Grégoire ce petit service, Quatresous n'osait pas en douter.

Après l'arrêt de Jaligny, le car repartit et Grégoire se leva, s'approcha de la portière. Le chauffeur le dévisagea :

— Y a pas longtemps que t'es à l'usine, toi?

On changeait d'habits et les gens ne vous regardaient plus comme un être chu d'une autre planète, ne vous disaient plus « mon père », vous tutoyaient.

— J'y suis pas, à l'usine, répondit Grégoire. Je m'en vais travailler dans un domaine à Chavroches.

— Ah bon? Alors, t'avais pas le droit de prendre le car. Mais ça fait rien, s'empressa d'ajouter le chauffeur, t'as eu raison.

Il baissa la voix :

— Et t'as pas tort d'aller dans un domaine. Tu verras le ciel, au moins, à défaut d'heures supplémentaires. Tu connais pas Chitry-les-Mines, dans la Nièvre?

— Ma foi non.

— Dans le temps, le minerai, qui c'est qui l'extrayait? Des bagnards. Aujourd'hui devine qui c'est qui les a remplacés? Des ouvriers. Y a du progrès, non? Sont pas bredins [1], va, les patrons. S'ils étaient bredins, tu sais pas ce qu'ils seraient?

— J'y vois pas.

— Eh ben! moi je t'y dirai pas, on me traiterait de fasciste, fit le chauffeur en riant. Salut, paysan! Descends, t'es arrivé.

Grégoire sauta sur la route.

— Embrasse une vache pour moi, lui cria l'autre avant de démarrer. Une vraie. Pas un flic!

Ainsi qu'une poule sur un mur, le château de Chavroches se tenait au faîte d'une colline. Depuis sept siècles sa plus haute tour dominait le bourg, à pic, surplombait la vallée de la Besbre. Elle avait vu passer les chars à bœufs, les voitures à chevaux, le petit tacot départemental, à présent regardait s'écouler en dessous d'elle les automobiles.

Autant dire que ses vieilles pierres ne s'émurent guère lorsque Grégoire s'avança vers un village qu'elles avaient protégé des Anglais et autres Sarrasins mais n'avait pu sauver de l'invasion des antennes de la télévision barbaresque.

Dès qu'il fut à portée de voix du *Café des Bons*

1. Idiot, en bourbonnais. Diminutif : bredignot.

Laboureurs, Quatresous entendit celle de Baboulot.

Il avait l'intention de se renseigner, en ce bouchon, sur l'endroit où vivait Baboulot, présumant qu'il y était plus connu qu'à l'église. Il ne s'était pas trompé, puisqu'il y tonitruait à l'instant même.

Grégoire enjamba deux bicyclettes rouillées jetées devant la porte, pénétra dans la salle des *Bons Laboureurs*. La trogne boursouflée de son ami Toussaint lui sauta aux yeux, rasée de frais au sécateur, d'un agressif rouge tomate. Baboulot était attablé face à un escogriffe décharné qui avait, lui, la couleur d'un cadavre de trois ou quatre jours. Les deux éléments de ce bilboquet humain, séparés par un litre de vin, gueulaient une chanson épouvantable d'une précision anatomique à faire tourner de l'œil un gynécologue. L'atroce accent du vis-à-vis de Baboulot convainquit Grégoire qu'il ne pouvait s'agir que du Polonais Stanislas.

Les deux sursitaires de l'enfer ne daignèrent pas s'apercevoir de l'entrée d'un client. Peiné par ce spectacle et ce chant bachique, Grégoire resta debout, planté devant un Baboulot dont l'odeur de futaille et d'engrais n'était certes pas celle de la sainteté. Sous ce regard chagrin posé sur lui, Baboulot réagit violemment. Il cessa de chanter, laissant au seul Polonais le soin d'emplir la salle de sons mélodieux. Il brailla :

— Qui que tu me veux, toi, tranche de fesse?

Le Polonais, épousant la cause de son acolyte, abandonna ses vocalises, grogna comme un chien-loup, découvrant, babines retroussées, une douzaine de chicots.

Quatresous fit avec douceur :

— Toussaint! Je suis Grégoire. Grégoire Quatresous. Ton vieux copain Vingt Centimes.

Une bulle creva entre les lèvres noirâtres de Baboulot. Il se leva, hésitant :

— Quatresous... Vingt Centimes...

Un éclair de génie traversa de part en part la purée de pois de son cerveau :

— Bon Dieu de bon Dieu! Grégoire! Le moine!

— Oui, Toussaint. Le moine.

— Bon Dieu!... soupira Baboulot sidéré.

Il allongea sans crier gare un soufflet au polonais qui grondait toujours :

— Tu vas-t-y la boucler, toi, la seringue, rame à fayots, métèque, ou je te renvoie mesurer la Sibérie avec un double décimètre!

Le Polonais, calmé, sourit avec grâce au nouveau venu que Baboulot dévisageait bouche bée :

— Grégoire! C'est-y Dieu possible! Je te croyais mort chez les curés.

Il n'osait pas le toucher, lui serrer la main, contemplait ce spectre remonté de la nuit des temps. Tout à coup, il chavira de tendresse :

— Ça me fait plaisir de te voir, mon poteau, le bon Dieu sait ben qu'oui, et sa vieille femme aussi!

Sentimental à l'instar de tous les poivrots, il se mit à pleurnicher :

— On était jeunes, Grégoire, on était beaux, t'étais frisé comme un mouton...

Grégoire le serra contre lui, l'embrassa, ce qui décupla l'émotion et les larmes de Baboulot :

— Mon Grégoire! Moi aussi, j'étais beau comme

un astre. C'est c't' étranger de malheur qu'a fait ma perdition!

Il tenta de regifler un Stanislas réjoui, mais Grégoire le retint :

— Laisse, Toussaint. Je suis heureux de te retrouver. On s'est quittés un peu vite, y a vingt-six ans.

Baboulot se frappa la poitrine, chut à genoux, plus spectaculaire qu'un mauvais acteur de cinéma muet :

— Faut que tu me donnes l'absolution! Des péchés, j'en ai fait en quantité industrielle, je peux t'en raconter jusqu'à demain, Cré bon Dieu! Tu pourras en faire un livre de catéchisme.

Quatresous remit son camarade sur ses sabots :

— Ça presse pas, Toussaint.

Mais Baboulot qui avait vécu en état de péché mortel cinquante ans durant sans sourciller refusait d'y croupir une seconde de plus :

— Faut que tu me laves, Grégoire! Je suis sale comme un porc! Je pue! Qu'est-c'qu'y pue, c'est le bouc, eh ben non, c'est moi! Mon âme est pourrie, en fumier, Grégoire, dévorée par les mouches bleues!

Grégoire s'assit avec tranquillité :

— Et si on buvait plutôt un canon, Toussaint?

Baboulot se rasséréna aussi vite qu'il avait basculé dans le désespoir. Il s'assit aux côtés de son ami :

— Si t'as pas tort Hector, c'est qu't'as raison Léon! Mère Couzenot, un verre de mieux!

Le relatif silence avait déjà attiré la patronne inquiétée par cette paix subite. Fier, Baboulot lui présenta Grégoire :

— C't'homme-là, c'est mon copain Quatresous!

Même qu'il est moine à Sept-Fons, tout ce qu'y a de moine!

La mère Couzenot haussa les épaules :

— Il est moine comme t'es évêque, pauvre outil!

Baboulot s'effara :

— Mais elle est dans le vrai, c'te vieille machine! Comment que ça se fait que t'es pas en costume? Vous portez donc plus la panoplie?

Grégoire avoua :

— Je ne suis plus moine, Toussaint. J'ai quitté Sept-Fons pas plus tard que tout à l'heure.

— On t'a dioré [1]?

— On m'a dioré sans me diorer, je me suis ben un peu dioré tout seul.

— Ça fait que t'es plus moine?

— Eh! non.

Baboulot en prit son parti :

— Ma foi, c'est tes oignons. Du moment qu'on a la santé...

Il cria à la mère Couzenot :

— C'est bon, vieille pantoufle, mon moine, il est plus moine. Mais faut le respecter quand même, les amis de Baboulot, c'est sacré, moines ou pas moines. Le premier qui y touchera, sûr que je le grimpe jusqu'au château à coups de sabot dans le cul!

Il désigna ensuite Stanislas d'un doigt :

— Ça, c'est le Polonais. Avant de venir nous retirer le pain de la bouche, il bouffait que de la neige, à Varsovie, et il suçait des morceaux de glace. Des misérables comme ça, faudrait les tuer à la naissance,

1. En bourbonnais, contraction pour « mettre dehors ».

pour pas que ça souffre. Regarde-moi ça, on dirait un Biafrais qu'aurait blanchi dans de l'eau de Javel!

Cette vindicte enchanta Stanislas qui remplit les trois verres en jubilant. Baboulot sécha le sien :

— J'étais fou de soif! Si j'écoutais ce déchet, on boirait toute la journée, mais faut être plus intelligent que les idiots, hein, Grégoire?

— Sûr.

— Et qu'est-ce que tu comptes faire, maintenant que t'es plus dans la prière?

— Ben, fit Grégoire, si j'ai demandé partout à Dompierre où que tu étais, c'est que j'ai plus que toi au monde, Toussaint. Faut que tu me déniches du boulot dans la culture.

— C'est pas impossible. Y a de la place, maintenant que tous les fainéants vont à la ville en quantité industrielle, pour manger de la soupe en poudre et faire les gommeux avec une cravate autour du cou.

— C'est que, insista Quatresous, j'aimerais bien qu'on soye ensemble. Après tout ce temps à la Trappe, je suis perdu, je connais que toi.

— C'est largement assez! clama Baboulot. Les autres c'est que Polonais, bourgeois, Arabes, Juifs, instituteurs et compagnie. Que de la vermine! On finit ce litre, et on va chez mon patron, aux Pédouilles. S'y veut pas de toi, le père Pejoux, j'y demande mon compte, je ramasse mes sous, et on ira se faire embaucher ailleurs, tous les deux comme trois frères! On va pas se reperdre pour vingt-six ans à présent qu'on s'est retrouvés!

Il s'adressa à Stanislas :

— T'as entendu, Traîne-tes-couilles-en-ski? J'emmène mon copain à la ferme. Tu nous laisseras ton vélo. T'iras butter les patates à pinces, ça te fera galoper le pinard dans les veines, bon Dieu de nuisible!

Stanislas s'esclaffa. Grégoire murmura, au supplice :

— Sois gentil, Toussaint. J'ai pas l'habitude d'écouter blasphémer le saint nom de Dieu...

Toussaint grimaça :

— J'ai pas bien l'habitude, moi, de faire autrement... Faudra que tu t'y fasses, Vingt Centimes, j'en ai peur. S'il y avait que moi, encore, mais y a Hilaire, au domaine. Il jure qu'il en fait même rougir Stanislas.

Il ajouta, curieux :

— T'y crois encore, à tous tes trucs?

— Oui.

— Alors, pourquoi que t'es parti?

— Des divergences théologiques avec le Père Abbé. Et puis... et puis... parce que je me suis fiancé, lâcha Grégoire embarrassé.

Baboulot le heurta d'un coude complice :

— Dis donc, à propos de fumelles... la mère Françoise... ça dure toujours!

— J'ai appris ça à Dompierre.

— Si tu veux, on y retournera. J'y vais des fois avec Stanislas, mais y fait la fine bouche devant, c't'anthropophage, c't'indigène! Y lui faudrait la reine du Bourbonnais!

— Elle a dû changer, la mère Françoise.

Baboulot distribua le reste de la bouteille en trois parts équitables, et bougonna :

— Faut dire qu'elle a le genou sec comme le vent du nord. Je les aimerais un peu mieux viandues, mais quoi, c'est pas à nos âges qu'on va nous donner de la confiture!

« Muscade... », rêva Grégoire au seul mot de confiture.

Baboulot se dressa, repoussa la table avec fracas, claqua des deux sabots dans l'espoir d'alarmer la mère Couzenot, mais elle ne leva pas ses lunettes de *La Montagne*.

Les trois hommes sortirent des *Bons Laboureurs*. Baboulot ramassa les bicyclettes, en tendit une à Grégoire. L'instrument attendrit Quatresous :

— Ça fait vingt-six ans que j'ai pas monté sur un vélo, Toussaint. Tu grimpes-t-y toujours aussi bien que Vietto? Tu nous lâchais tous dans les bosses.

— Eh bien! s'indigna Baboulot, tu me croiras si tu veux mais les bosses, dans le temps, elles étaient moins raides qu'aujourd'hui. Ça doit tenir à leur putain de goudron. C'est moins roulant que les chemins de terre.

Les piochons sur l'épaule, Stanislas s'éloignait déjà, suivi par l'œil sévère de Baboulot :

— C'est paresseux comme des couleuvres, dans cette race-là. Bons qu'à boire, je t'y répète. Faut jamais aller à vélomoteur dans la cour du domaine. T'es pas plutôt en bas de la Mobylette qu'il a déjà bu tout le mélange avec une paille.

— Et ça le rend pas malade?

— Malade, lui, éclata Baboulot en enfourchant son cycle, tu rigoles! Ça le fortifie, c'est son huile de foie de morue. Ces sauvages-là, ça a point d'estomac comme les chrétiens. Ça doit avoir une espèce de buse en ciment dans la paillasse.

Ils pédalèrent côte à côte, se regardèrent, émus.

— Ah! dis donc, fit Grégoire, tu t'en rappelles, de la dernière fois qu'on a roulé ensemble?

— Si je m'en rappelle! répondit Toussaint en reniflant avec sentiment. J'y ai pensé ben des nuits. Même que je me disais : « L'aurait mieux valu que ça soye les Boches que les curés, qui me le capturent, mon Grégoire. A moins de le fusiller, ils l'auraient ben relâché un jour. » Les autres, y t'ont point relâché.

— J'ai été heureux, grommela Quatresous.

— Chacun son idée, s'empressa Toussaint, chacun son idée, c'est ce que je dis à Hilaire qui peut pas voir la religion. Tout ça parce que sa bonne femme a foutu le camp avec un curé. Alors, si elle s'était ensauvée avec un charcutier, y mangerait plus de boudin? C'est pas un raisonnement, cré bon Dieu!

Grégoire fit une embardée.

— Pardon, bredouilla Toussaint, ça m'a échappé...

Ils roulaient sur un chemin de terre, le long de la rivière. Ce revêtement de sol, qu'il prétendait si propice aux exploits vélocipédiques, n'empêcha pas Toussaint de descendre de machine au premier semblant de rampe.

— Le Galibier, c'est rien, question pourcentage, à côté de ce raidillon, assura-t-il en posant une main fraternelle sur l'épaule de Quatresous. Il lui sourit, et Grégoire aima ce trait de jeunesse et de fraîcheur dans cette bouille dilatée par l'alcool.

Dieu n'était pas le seul à dégager une chaleur. Il traînait un rayon de soleil dans les yeux enfantins et mouillés de Toussaint Baboulot.

Les moineaux criaient d'amour entre deux vols en piqué sur les croupes luisantes et charnues des bigarreaux. Sur un rosier grimpant, trois douzaines de roses rouges espéraient une bergère pour la fleurir, mais il n'y avait plus de bergères, alors comment fleurir un berger électrique? Herbe, boutons d'or, pâquerettes, Grégoire et Toussaint, derechef posés sur leur selle, humaient tout cela avec la placidité de paysans que les corbeilles de noces de la nature n'épatent plus, prêts plutôt à l'enguirlander pour ses caprices.

Folâtre, Grégoire appuya plus fort sur les pédales et Toussaint, l'intrépide champion d'autrefois se vit distancé, les jambes coupées par les chopines. Quatresous savoura cette revanche enfin prise sur les envolées d'un Baboulot qui les avait tant fait souffrir, lui et les autres gars, sur la route de Moulins ou celle du Donjon. Grégoire dut attendre plus loin son compagnon. Celui-ci, vexé, marmonna :

— C'est normal, Grégoire. Pendant que tu gueulais des cantiques toute la sainte journée, moi j'ai travaillé comme un cheval. Ça m'a abrasé, la terre, abrasé.

— Moi aussi, j'ai travaillé la terre! Un frère convers, ça regarde pas que le ciel.

Ils arrivaient aux Pédouilles. Ils entrèrent dans la cour du domaine, une vaste cour animée et peuplée de volailles diverses ainsi que dans un dessin du gentil animalier Benjamin Rabier.

Un maigre jeune homme à barbiche, planté tel un coq sur le tas de fumier, y gratouillait à l'aide d'une fourche. Une servante de dix-huit ans, solide sur des mollets de lanceuse de poids soviétique, jetait du grain aux poules.

Toussaint et Grégoire rangèrent leurs bicyclettes contre le mur de la ferme. Deux chiens, pour remplir leur contrat, s'en vinrent japper aux mollets de Grégoire.

— Du balai, charognes! brailla Baboulot en les éparpillant à coups de sabots. Une femme en tablier à fleurs apparut sur le seuil. Elle portait une cinquantaine joviale et rondouillarde. Elle considéra pourtant d'un œil méfiant l'étranger qui accompagnait son commis.

— T'es donc pas aux patates? demanda-t-elle à Toussaint.

— J'y allais, mais j'ai rencontré c't'ami, l'ami Quatresous.

Il fit de sommaires présentations :

— Quatresous. Madame Joffrette. Où qu'est donc le patron, c'est lui qu'on voudrait voir?

Ainsi prévenue, Mme Joffrette n'avait plus à poser de questions.

— Il va pas tarder. Il est parti essayer le tracteur. Autant vous dire qu'il est pas plaisant! Pour lui, c'est des mécaniques du diable, ces engins.

Elle les invita à entrer dans la grande salle du domaine. Ils s'assirent sur un banc, à la table commune recouverte d'une toile cirée du dernier cri, achetée au marché de Jaligny et superbement décorée de capsules lunaires et de cosmonautes en couleur. La mère Pejoux plaça devant eux une bouteille de vin clairet et deux verres, non sans remarquer :

— Je sais pas trop si t'en as bien besoin, toi, Baboulot, de cette denrée.

— D'après vous, rouspéta Toussaint, amer, j'aurais plus besoin que d'un cercueil. Si je buvais qu'à la pompe, y a longtemps que j'y serais, en terre.

Des jambons emmitouflés dans des torchons pendaient aux poutres. Un fusil de chasse était accroché à un clou, ses deux canons braqués vers un crucifix poussiéreux dont la présence contenta Grégoire. Il éleva vers lui son verre et dit :

— A la vôtre, Jésus!

Mme Joffrette, qui avait reçu à bout portant en 1914 ce nom de baptême, hommage au vainqueur de la Marne, Mme Joffrette se méprit et bougonna :

— Faut pas rire avec ces choses-là!

Grégoire ulcéré n'eut pas le temps de riposter. Un chapeau de paille traversa la pièce à toute allure, suivi de près par l'expéditeur, un homme en sueur, ventripotent, et qui trépignait sur ses petites jambes, et qui s'égosillait de rage :

— Cré cent tonnerres de nom de Dieu! Cré bordel de roubignolles! Cré cent tombereaux de merde!

Mme Joffrette émit avec calme une supposition :

— C'est sans doute qu'il marche encore pas, ton tracteur?

Le père Pejoux étouffait. Il avala le verre de vin de Baboulot avant de rugir :

— Il est tombé en panne sur le chemin, oui, ce tas de ferraille de mon cul! Ma foi! il est très bien où qu'il est. Moi, il me dérange pas. Je dirai au maire de le faire balancer dans la décharge.

Il « shoota » encore dans ce chapeau de paille qu'il poursuivait apparemment d'une haine implacable, puis ricana, fixant des yeux, farouche, le tuyau de la cuisinière :

— Des tracteurs! Alors qu'on était trop heureux avec les chevaux, il a bien fallu qu'on s'emmerde la vie jusqu'en haut de la casquette avec ces saloperies! « Ça vous économisera de la peine », qu'y disaient pour vous y vendre, ces voleurs. Ah! ça m'en a économisé! C'est plus du sang que j'ai, c'est de la mayonnaise. J'ai le cœur en croûte de pompe [1] et les artères plus raides que des bâtons de macaroni, mais c'est le progrès qui veut ça! Ah! pour progresser, je progresse! M'y voilà à portée de fusil, du cimetière.

Il se laissa tomber sur une chaise et sursauta, avisant seulement Quatresous :

— Bon Dieu qu'il m'a fait peur, çui-là! Il pourrait prévenir qu'il existe! Qui c'est donc?

Il s'adressait à Baboulot, qui répondit :

— C'est mon copain Quatresous Grégoire. Y vient de Dompierre. Il a toujours été dans la culture, il cherche du travail.

Machinalement, Pejoux serra la main de Grégoire avant de soupirer, puis de gémir :

— Parlons-en, du travail! On n'en manque pas, de boulot, ici! Surtout moi, qu'a eu la veine de m'entourer que de fous furieux, de poivrots, de feignants et de bons à rien! Tais-toi, Baboulot! Si

1. Tarte, en bourbonnais.

on te piquait avec une épingle, tu pisserais le pinard pendant deux jours et deux nuits. Le Polonais, pareil. Et en plus, il est polonais, comme si ça lui suffisait pas d'être abruti jusqu'à la moelle des os! Hilaire, lui, on n'en cause pas, vu qu'il est tombé à moitié bredin d'avoir été cocu. Entre nous, si tous les cocus tombaient bredins, on construirait plus que des asiles! Reste le vicomte, piqué les trois quarts du temps sur le tas de fumier. Si ses parents me payaient pas pour le garder, le ch'tit misérable, qui que j'en ferais? Il a peur des vaches, les oies le pincent, et quand y bêche, c'est avec le manche, vu qu'y se trompe de côté!

Il regarda Grégoire sans aménité :

— Alors mon gars, sans t'offenser, si t'es du même acabit que ma collection d'imbéciles, vaut mieux que tu boives ton canon et que t'ailles balader ailleurs ton balluchon. Un copain de Baboulot, c'est pas possible que ça soye de la crème! Où que tu travaillais, d'abord, à Dompierre, avant d'atterrir ici? Dans quel domaine?

La servante entra dans la salle, suivie par un poulet malchanceux qui n'avait pu attraper une seule de ses graines, et tentait en pépiant de le lui expliquer.

Grégoire hésita, lorgna du côté de Baboulot, qui murmura :

— Faut y dire, Grégoire. Y a pas de honte.

Pejoux plissait des yeux soupçonneux.

Grégoire leva la tête vers le crucifix, et lança :

— J'étais à la Trappe.

Pejoux, sa femme et la servante tressaillirent,

observèrent un silence inquiet. Le patron balbutia enfin :

— A la Trappe... Parce que... t'étais... vous étiez...

— Oui. J'étais moine.

Les femmes, ahuries, tendirent le cou. Embarrassé, le patron se gratta le crâne, la nuque, les épaules, répéta :

— Moine!

— Pendant vingt-six ans.

Pejoux ne savait pas comment parler à un moine, fût-il ex-moine. Il s'en prit à Baboulot, d'un abord plus aisé :

— Tu pouvais pas m'y dire, bon Dieu d'emmanché! que ce monsieur...

— Benoît! reprocha Joffrette avec une subite véhémence.

Pejoux, déconcerté, cramoisi, aurait même préféré être sur son tracteur. Il bégaya :

— Mille pardons. Excusez-moi aussi pour ce que j'ai dit sur les copains de Baboulot, je pouvais pas savoir...

Grégoire, bonhomme, vint à son secours :

— Ne vous excusez pas. Et continuez à me tutoyer. Je suis comme tout le monde, maintenant que je ne suis plus moine.

— Vous ne l'êtes plus depuis longtemps? fit, déférente, la mère Pejoux. Il les fit encore tressaillir :

— Depuis midi.

Il devança leur pensée :

— On m'a pas chassé. Je suis parti de moi-même. C'est à vous de m'excuser si je suis un peu ahuri.

C'est que ça fait un drôle de changement, dans ma vie.

— Passer de l'eau au pinard, ça doit surprendre, prononça Baboulot qui voyait tout de son clocher. C'est comme si moi je passais du pinard à la flotte.

— Ferme donc ça, andouille! jura Pejoux. Laisse parler ton ami qu'est plus intelligent que toi!

— A la Trappe, avança Grégoire avec lenteur pour mesurer son effet, je conduisais le tracteur.

Benoît Pejoux se dressa, commotionné, des électrodes un peu partout, des aiguillons dans les fesses :

— Pouvez pas le dire tout de suite! On me cache tout, dans cette baraque! Mais c'est le bon Dieu qui vous envoie!

Enthousiaste, il se tourna vers le crucifix, cria « Vive le bon Dieu! », et ajouta d'un ton sec pour la servante :

— Marie-Fraise, tu pourrais enlever la poussière qu'il y a sur le bon Dieu! A voir comment qu'on le respecte, ça m'étonne plus que les dindons attrapent le rouge!

Il prit place sur le banc aux côtés de Grégoire, lui servit un verre de rouge, repoussa le verre que lui tendait un Baboulot implorant. Toussaint protesta :

— Mais c'est vous qui me l'avez sifflé, tout à l'heure en entrant!

— Raconte ça au Polonais, mais pas à moi. Et fous-nous la paix! Faut que je cause avec... avec... mon père...

— Appelez-moi Grégoire, fit Grégoire, je vous en prie. Vous me gênez.

— Marchons pour Grégoire, acquiesça Pejoux avec

un naturel qui sonnait parfaitement faux. Alors, comme ça, vous vous y connaissez, en tracteur?

Quatresous se rengorgea :

— Je peux prétendre, sans commettre le péché d'orgueil, que je suis assez habile sur la question. J'ai conduit des Renault, des Massey-Ferguson, des Mac Cormick.

Pejoux gloussait de joie :

— Non mais t'entends, Joffrette! T'entends! Des Renault! Des Massey-Ferguson! Des Mac Cormick! Comme vous avez bien fait de quitter les moines!

— Je ne le sais pas encore.

— Moi, je le sais! Je vous tiens, je vous laisse plus partir! C'est un Mac Cormick que j'ai. Toujours en panne. Quand il est pas en panne, il me secoue tellement les vertèbres que je m'en suis tout ratatiné de vingt centimètres. Et le Renault que j'avais avant, c'était pire. On rigole de moi, dans les autres domaines. J'ai essayé d'y foutre Hilaire, sur mes engins de torture, d'y coller Baboulot. Hilaire, il est tombé dans la cour, au démarrage, et le tracteur a été tout droit dans la mare. Baboulot, lui, il est entré dans l'étable. La Grise qu'était pleine en a fait une fausse couche.

— Y avait pas moyen d'y éviter, émit Toussaint, fataliste, la porte était ouverte.

Il para du sabot le coup de botte que lui décocha le maître des Pédouilles. Grégoire s'essuya la bouche, se leva :

— Vous venez, patron? On va pas le laisser sur le chemin, ce tracteur. Vous avez des outils?

— J'en ai ben dix kilos, mais ça sert à rien, on n'y comprend rien.

— Emmenez-les quand même.

Pejoux, qui étudiait au mode d'emploi ces mystérieux objets avant de s'endormir, alla dans sa chambre, en revint avec une sacoche d'outillage.

— Toi, ordonna-t-il à Baboulot, va rejoindre Stanislas. Quand il est tout seul dans les patates, il fait rien d'autre que de bouffer les doryphores.

Les trois hommes quittèrent la salle. Joffrette Pejoux grimpa sur une chaise, fit les cuivres, astiqua le Jésus du crucifix. Elle dit, pour Marie-Fraise qui, soucieuse de sa beauté, oxygénait à la sauvette une touffe de ses cheveux gras :

— Tu te rends compte, ma fille? Un moine! Ça va peut-être mettre un peu de moralité dans la ferme, et y en a besoin!

— Ça, il est bel homme..., approuva la servante en considérant avec satisfaction dans le miroir un visage quelque peu déparé par un nez en pied de table.

Baboulot s'était éloigné sur sa bicyclette. Sur son fumier, le barbichu, à quatre pattes, étudiait les mœurs des insectes qui l'habitaient.

Pejoux commenta pour Grégoire :

— C'est lui, le vicomte. Xavier des Haudriettes, qu'il s'appelle. Vingt-cinq ans. Huit ou dix fois recalé au bac. C'est pas qu'il est simplet, mais il aime pas les études. Quand il voit un bouquin, il tremble, un stylo à bille, il s'enferme à la cave. Ici, il est heureux, il mange la soupe, il regarde les vers de terre. C'est le comte qui me l'a amené, il savait plus quoi en faire. Il s'imagine que le gars, dans un domaine, il va au moins apprendre l'agriculture, pour s'occuper un jour de leurs propriétés. Seulement voilà, le Xavier, il veut rien se mettre dans la citrouille, pas plus l'assolement que le latin, c'est un parti pris.

Marie-Fraise et la patronne épluchaient des légumes pour la soupe.

— Ah! madame Pejoux, se lamentait la jeune fille, je suis bien ennuyée. Je voudrais avoir la peau de Brigitte Bardot. Je me demande de quelle crème elle se sert. Parce que, finalement, la peau, c'est qu'une question de crème, et rien d'autre. Vous croyez qu'y m'y diraient, à « Atout Cœur » si je leur écrivais?

— Et qui que t'en feras, de la peau de Bardot? Une descente de lit?

— Pardi, si je l'avais, les garçons, y me courraient tous après, au bal. Des fois, je reste sur la banquette. Je suis bien faite, pour les mensurations, je suis pas loin de Brigitte, mais c'est la peau qui va pas.

De fait, Marie-Fraise était assez favorisée sur le chapitre de l'acné juvénile. Mais ce n'était pas là le souci de sa patronne. Elle pensait à Grégoire. Depuis toujours, elle se marmottait un petit bout de prière matin et soir en cachette de son mari. Elle ne ratait pas un enterrement, pour le seul plaisir d'entrer dans une église avec un alibi solide. L'arrivée d'un Trappiste, fût-il tout frais défroqué, l'emplissait d'émotion. Que Dieu eût choisi sa maison pour cet événement la comblait. Elle l'eût, son Trappiste, préféré en robe, pour étonner les voisins, mais ç'eût été trop beau. Afin qu'il expie ses affreux jurons, elle se refuserait ce soir à Pejoux que titillait le printemps.

Des braillements de triomphe, joints aux pétarades du tracteur, firent sortir les femmes. Droit à l'arrière du Mac Cormick piloté d'une main sûre par le virtuose Quatresous, Benoît Pejoux exultait :

— Nous v'là sauvés, cré bon... cré bon... Cré bon sang! C'est un as, Grégoire, un as! Le premier qui dit du mal du bon Dieu, dans c't' usine, j'en fais de l'engrais! Du guano! De la poudrette! T'es de la famille, Grégoire!

Le tracteur, comme à la parade, décrivait des ronds, des huit, des arabesques compliqués dans la cour. Il s'immobilisa, dompté, ronronnant gentiment, aux pieds de Joffrette. Volubile, Pejoux expliqua à son épouse :

— J'aurais voulu que t'y voies! Y peuvent tous aller se rhabiller, au garage, et apprendre à jouer de la cornemuse! Mon Grégoire, il t'a soulevé le capot, il a soufflé dans un petit machin, il l'a remis en place et crac! C'est reparti! On voit bien qu'il est cul et chemise avec le bon Dieu, ça peut pas se comprendre autrement!

— J'ai fait que souffler dans le gicleur, monsieur Pejoux, assura Grégoire gêné par ces démonstrations.

— Appelle-moi Benoît! protesta le fermier. Le gicleur! Le gicleur! Qu'est-ce qu'il va pas chercher!

Il rêva, ébloui :

— Il va me faire des sillons si beaux, si d'équerre, que Télé-Auvergne viendra me les filmer!

Moi qu'osais pas regarder les miens tellement qu'ils étaient torses! Oui, Grégoire, des zigzags affreux, y avait que les soûlauds qu'arrivaient à mettre de la graine dedans. Grâce à toi, mon gars, les labours aux Pédouilles, ça sera plus Médrano!

Grégoire, intérieurement, loua le Seigneur de l'avoir expédié chez un sujet pareillement allergique aux tracteurs. Sa nouvelle vie s'annonçait ainsi sous d'heureux auspices. Joffrette partageait la joie de son mari. La paix du ménage avait souvent pâti des crises de rage d'un Pejoux brûlé vif dans l'enfer de la mécanique.

— Entrez donc casser une croûte, vous l'avez bien mérité.

— Bien dit, la mère! approuva Benoît en lui claquant gaiement le derrière. Ce comportement érotique parut scandaleux à Joffrette. Elle balbutia :

— Excusez-le, mon père.

Agacé, Quatresous grommela : « Il a bien raison » et, histoire de prouver qu'il n'entendait plus être appelé « mon père », claqua de même le séant de Marie-Fraise. La servante poussa un « Oh! » qui était davantage une exclamation de surprise qu'un cri d'indignation. Pejoux rigola, ravi de constater que son commis d'élite, malgré son ancien état, était un garçon normal, un Français comme vous et moi. Joffrette, impressionnée, mit ce geste sur le compte des tourments métaphysiques qui devaient écarteler l'âme de ce fier mystique déchiré entre le ciel et la terre.

Les deux hommes s'attablèrent. Du menton, le patron désigna un jambon entamé :

— Allez, Joffrette, coupe-nous de la fesse de porc! Va falloir le remplumer, notre Grégoire! A la Trappe, y devait sucer que des clous de tapissier et bouffer des tartines de courant d'air. Je parie que là-bas vous devez pas souvent voir la queue d'un bifteck?

— Jamais, avoua Quatresous. On mange point de viande.

— Point de viande! s'écria Pejoux tout pâle. Vingt-six ans sans bidoche, mais comment que t'as fait pour pas périr? Dieu, ça nourrit pas son homme, quand même!

— Si, fit Grégoire en un sourire.

— Joffrette, elle y croit dur comme fer, ça l'empêche pas de se faire péter les babouines sur une entrecôte.

— Et vous, vous y croyez?

Pejoux grimaça, embarrassé :

— Là, tu m'en demandes beaucoup. J'ai tellement de trucs à penser que j'y pense pas. Mais je suis pas contre. Tiens, par exemple, j'ai voté Pompidou!

« Pas moi », faillit lâcher Grégoire.

— C'est pas tout ça, reprit Pejoux en dissimulant sous deux tranches de jambon l'assiette de Quatresous, où c'est qu'on va l'installer, la mère, c't'ami? On va lui donner la chambre d'Hilaire. Hilaire, il peut bien coucher au grenier.

— C'est moi qui coucherai au grenier, fit Grégoire.

— Je voudrais bien y voir! se courrouça Pejoux. C'est pas la place d'un esprit supérieur, dans un grenier. Mac Cormick, y se retournerait dans sa tombe, de te savoir au grenier!

Grégoire insistait :

— Je vous en prie, Benoît. J'y tiens. Je serai plus près du ciel. Faites-moi plaisir. Dites-lui, madame Joffrette. Je veux bien être un homme comme tout le monde, puisque j'ai choisi, mais je veux dormir avec Dieu à portée de la main. Lui qu'est né dans une étable, il se plaît mieux dans un grenier que dans une chambre, j'en suis sûr. Et puis, c'est grand... c'est calme... un peu comme une église.

— Moi, je vous comprends, déclara Joffrette. Laisse-le faire comme y veut, Benoît. T'entends rien à la vie spirituelle.

— Ma foi! bougonna Pejoux, si t'y trouves spirituel, toi, de coucher sous les tuiles, qu'il y couche donc si ça l'amuse. Mais ça me fait malice qu'un type de sa classe, qui souffle comme pas deux dans les gicleurs, aille roupiller avec les araignées et les souris!

Le casse-croûte fut troublé par l'irruption de Xavier des Haudriettes poursuivi par une oie qui lui sifflait aux mollets.

Le vicomte se mit à l'abri en sautant à pieds joints sur la maie pendant que Marie-Fraise, d'un simple coup de torchon, expulsait le volatile en furie.

— Les sales bêtes! fit Xavier en ahanant, c'est ça qu'on devrait chasser à courre! Animal courable par excellence! Taïaut!

Il sonna du cor puis hurla :

— Hourvari! L'hallali! La curée!

— Descends de là, innocent! ordonna Pejoux. Quand on pense qu'il avait un ancêtre à Austerlitz, un autre à Gravelotte et que maintenant ça détale devant les grenouilles ou les jars, on peut pas dire qu'y s'améliorent, les Haudriettes.

— La curée! répéta l'aristocrate en quittant son perchoir, la curée!

— En parlant de curée, fit le patron avec finesse, tu pourrais dire bonjour à Grégoire, qu'était encore moine ce matin.

Xavier s'agenouilla illico aux pieds de Grégoire :

— Bénissez-moi, mon père, parce que je n'ai pas encore péché. Il y a eu deux archevêques dans ma famille.

La bouche pleine, Quatresous ronchonna :

— Je bénis personne. Va te faire bénir à l'église. Je ne suis plus qu'un cultivateur.

Le serf Pejoux, insoucieux des convenances, donna un coup de botte au vicomte :

— Relèves-tu, fin de race! Grégoire, il est comme qui dirait démobilisé. Faut pas l'emmerder avec la religion. Il croit toujours en Dieu, mais dans la clandestinité. Comme dans la Résistance, en quelque sorte.

— Vous ne manquez pas de bon sens, patron, apprécia Quatresous frappé par cette image. Flatté, Pejoux lui resservit à boire, tendit un verre à des Haudriettes :

— Bois donc un canus, toi! T'as que du jus de navet dans les veines. Avec leur manie de manger proprement, les nobles, y laissent toute la viande autour des os de poulet, ça fait qu'y sont sous-alimentés jusqu'au trognon.

Joffrette et Marie-Fraise montèrent au grenier pour le balayer, l'aménager, y déplier un lit-cage.

— Repose-toi pour aujourd'hui, dit Pejoux à Grégoire. Moi, faut que j'aille retrouver Hilaire aux champs. T'as qu'à te balader un peu dans la ferme.

Escorté par l'inoffensif Xavier, qu'il protégeait des agressions des dindons et des oies, Quatresous visita les bâtiments.

— C'est un beau domaine, expliquait le vicomte. Je suis plus heureux qu'au château avec mes parents. On peut dire des gros mots, à table on peut y attraper avec les doigts si on veut, et y a personne pour m'embêter avec l'instruction et l'éducation. Ça me plaisait pas, moi, d'être instruit. Y m'auraient fait travailler, mes parents, si j'avais eu le bac. Je suis bien mieux ici à m'amuser avec les petites bêtes.

— Tu es près de Dieu, décida Quatresous, et Dieu t'aime.

Xavier accueillit avec joie cette bonne nouvelle :

— J'en suis bien content. Je fais tout ce que je peux, moi, pour lui donner un coup de main. Quand j'arrose, tenez, même que ça fait gueuler Pejoux, j'arrose même les mauvaises herbes. Y a pas de raison qu'elles crèvent, hein, puisqu'elles sont en vie?

— Tu iras au Paradis, décida encore Quatresous.

— Si c'est comme ici, ça sera chouette, surtout s'il y a pas d'oies. Mais j'y comprends pas tout, dans Dieu, vu que je suis pas instruit. Faudra me raconter, Grégoire. Je peux pas comprendre, par exemple, que le Dieu des bêtes à bon Dieu, ça soit le même que celui de mes parents quand ils vont à la cathédrale. Celui-là, il est pas marrant, il sent le renfermé, il est triste, il est tout noir.

Ils étaient à l'intérieur d'un hangar, et Grégoire s'était assis dans une brouette. Il réfléchit, puis murmura :

— Mon garçon, je dois être en plein schisme, comme me l'a dit Dom Chrysostome ce matin. Depuis que j'ai mis les pieds sur la péniche, je pense à m'en péter quelque chose dans la tête. A mon avis, le Dieu de tes parents, c'est le Dieu Tout-Puissant, celui qu'on a inventé pour foutre la trouille aux gens, une espèce d'adjudant du ciel, une sorte de flic qui ne veut pas qu'on fasse l'amour avec plaisir, et qui flanque du remords même dans le pinard. Mon Dieu à moi, à toi aussi, c'est un brave type qui a créé le monde mais qui a été dépassé par les événements. Un Dieu sans défense, et qui peut plus rien contre la guerre, la maladie, la mort et les méchants. C'est pour ça qu'il faut l'aimer, parce qu'il est bien malheureux, le pauvre vieux. Ça le fait pas rire, va, de voir toute cette misère et de rien pouvoir faire pour y soulager.

— Y peut plus nous sortir de miracles, alors? Dans le temps, il était fort, sur le miracle.

Quatresous s'excitait d'ainsi développer des idées qu'eût négligées l'*Osservatore Romano* :

— Il en fait tous les jours, mais on n'y fait plus attention tellement qu'on les voit. C'est comme les bagnoles, qu'en 1900 on trouvait ça extraordinaire. Toi, t'en es un, de miracle, moi aussi, même le Polonais, c'est un miracle. Et la pluie, et le soleil, c'est pas bien normal, non? Et les fleurs! Et les carottes! Tu te rends pas compte du boulot que c'est, une fleur ou une carotte? Nous autres, on peut inventer la télé, on peut pas construire une marguerite. Et même si on y arrivait, ça serait toujours lui qu'aurait donné le modèle.

Il avisa deux chevrons dans un coin du hangar, et comprit pourquoi ils étaient là :

— Tu vois, Xavier. C'est Dieu qu'a mis ces chevrons là.

— Ah! non, c'est Baboulot, l'autre jour.

Quatresous ne prit pas ce démenti en considération :

— Tu m'as l'air Baboulot! C'est Dieu, pour que je me bricole une croix avec, pour que j'aie une belle croix dans mon grenier. Il s'est dit : « C'est pas possible que mon copain Quatresous y dorme loin de moi comme un païen. Mais s'il veut une croix grandeur nature, faudra qu'il se la fasse par ses propres moyens. » Xavier, va me chercher une scie et un vilebrequin. Joseph, c'était un charpentier, un ouvrier qu'aurait peut-être été communiste si ça avait existé à l'époque. Les Saintes Ampoules, il les avait dans les mains, lui, le pauvre homme.

Diligent, Xavier ramena les outils. Il préférait ces saines occupations aux logarithmes, aux proviseurs, aux tableaux si noirs qui lui avaient empoisonné sa jeunesse.

Grégoire et son disciple en théologie fabriquèrent donc une croix massive, une croix rustique, sur laquelle il eût fait bon d'être cloué. Quatresous enfonça enfin la dernière cheville. Le vicomte applaudit :

— Bravo, monsieur Ségalot! Ça c'est une croix!

Cette référence à la publicité radiophonique n'atteignit pas Quatresous qui se demanda quelle mouche piquait Xavier d'ainsi l'affubler d'un nom qui n'était pas le sien.

— On la monte au grenier? questionna le garçon.

Grégoire se redressa, fier de leur œuvre :

— C'est moi que je la monterai. Moi, sans le secours de personne.

— Mais c'est lourd!

— Et alors? Tu crois qu'elle était en balsa, celle du Christ?

Xavier n'osa pas répliquer que Jésus, où il se rendait, n'avait pas davantage à se préoccuper d'un tour de reins que d'un cor au pied.

La camionnette du Familistère pénétra d'un bon mètre dans le tas de fumier, l'épicier ayant quasiment perdu connaissance à la vue du Nazaréen qui traversait la cour en trébuchant, l'instrument de son supplice sur l'épaule.

Joffrette et Marie-Fraise, au bas de l'escalier qui conduisait aux combles, se signèrent lorsqu'elles aperçurent le saint homme ployant sous sa charge sacrée.

— Il est en sueur! s'apitoya Marie-Fraise qui s'en alla essuyer d'un coin de son tablier la face de Grégoire.

— Merci, Marie-Fraise, grogna Quatresous harassé, et Marie-Fraise lui fit une moue coquine qui venait en droite ligne de Bardot son modèle.

La mère Pejoux, elle, s'en prit à des Haudriettes :

— Tu peux donc pas l'aider, toi, fichue bourrique à armoiries?

— Y veut pas! riposta Xavier. Y dit que Jésus se l'est coltinée tout seul, comme un grand!

Quatresous méditait justement sur cet exploit athlétique. « Ça devait pas être une demi-portion, le Christ! se disait-il. En plus, il arrêtait pas de tomber et de se relever. Moi, si je me fous par terre, sûr que j'y reste. Je vas peiner comme une bête, dans l'escalier. Y en avait pas, au Golgotha. » Il gravit deux marches en oscillant.

— Faut l'encourager, déclara l'épicier remis de sa stupeur.

— Allez, Grégoire! cria Xavier.

— Vas-y, Grégoire, tu l'auras! beugla l'épicier.

— Courage, Grégoire, glapit Joffrette passionnée, plus que huit marches! Plus que six!

Quatresous serra les dents. « Ce qui devait l'aider, songeait-il, c'est les Romains qui lui piquaient le derrière avec leur lance. Hardi, Grégoire! Une marche pour Muscade, une marche pour sainte Thérèse, une autre pour saint François... et la dernière pour la Vierge Marie! »

Lorsqu'il toucha le but, il posa son fardeau, se retourna et fit pour le public admiratif le geste de triomphe du militaire dont monsieur Pompidou guignait la place, aujourd'hui vacante, aux rênes de l'État.

— Bravo Grégoire! fit le chœur.

Hilaire Baquerisse était un homme sombre et néanmoins coloré : vert-de-gris était sa face tourmentée, blêmes ses lèvres, fauves les épis de ses cheveux raides.

Ce soir-là, il mangeait sa soupe hargneusement, sans un mot, l'assaisonnant d'insultes étouffées qu'il mastiquait ainsi que des lardons coriaces.

Baboulot plastronnait, prenant pour lui les dithyrambes dont Pejoux accablait Grégoire :

— Vous y voyez ben, patron, que je fréquente pas que des emplâtres!

— Eh ben! disons qu'il en fréquente un, lui! Comment que ça se fait, d'abord, que t'es pas soûl ce soir, t'es malade?

Baboulot geignit :

— Y a peut-être de ça. J'ai été voir le pharmacien parce que ça me chatouillait dans le ventre comme entre les doigts de pied. Y m'a donné des cachets exprès, en quantité industrielle, et maintenant ça me dévore.

— Alors, lança Pejoux doctrinal, faut arrêter les cachets.

— J'y ai pensé. Ça vaut quand même mieux que ça chatouille que ça dévore. Ah! c'est des jolis enfants, les pharmaciens!

— Et si tu buvais moins? interrogea, bourrue, la mère Pejoux.

Baboulot, empli de pitié envers cette ignorante, haussa les épaules :

— Comme si ça avait un rapport! Vaut mieux écouter ça que d'être polonais, pas vrai, Stanislas?

Mais Stanislas ne pouvait matériellement entendre que le bruit éclatant qu'il produisait en avalant sa soupe.

Joffrette avait placé Grégoire le plus loin possible d'Hilaire, qui lui coulait à distance des regards hostiles. Marie-Fraise apporta le pot-au-feu.

— Et mange, Grégoire! intima Pejoux. Surveille-le Joffrette. Maintenant qu'il y a un travailleur, dans ce domaine, je veux qu'il puisse plus rentrer dans ses habits, nom de Dieu!

Il y eut un silence, puis un ricanement perfide du satanique Baquerisse.

— Ce n'est rien, Pejoux, murmura doucement Grégoire.

Alors Hilaire siffla tel un crotale :

— Parce qu'on va plus pouvoir dire nom de Dieu! sous prétexte qu'il y a du calotin dans l'air? Putain de Dieu, ça serait fort de café, bordel de Dieu! Vous y verrez, Pejoux, vous y verrez! Quand le corbeau entre dans une maison, le malheur est pas loin! Y vous fera cocu comme je l'ai été! L'homme noir, c'est le bouc!

Quatresous, tête basse, subit sans broncher l'attaque de l'antéchrist. Mais Joffrette avait pâli à l'évocation de l'adultère, Baboulot serré les poings. Quant à Pejoux, hors de lui, il tonna :

— Cré bon Dieu! Si tu dis encore des horreurs sur la religion pour faire malice à Quatresous, je te flanque à la porte! J'ai plus besoin de lui sur le tracteur que de voir ta figure, vieux pansement! On s'en fout, nous, que t'ayes été cornard, même par le pape! Si tu l'avais un peu mieux arrangée, ta bonne femme, elle aurait pas été forcée de courir la soutane!

Livide, Hilaire se leva et, comme il avait dans sa chambre quelques vieux numéros du journal anticlérical *La Calotte* et qu'ils étaient sa bible, il en déclama, farouche, un extrait en vers :

Devant l'église, il faut qu'on cède ou que l'on ploie,
A cause d'un curé j'ai perdu mon emploi!

Baboulot se leva à son tour, rouge sang :

— Nom de Dieu de merde! y me déborde des sabots, c't'engeance! Grégoire, c'est mon ami, et sûr que Toussaint Baboulot y les défend jusqu'à la mort, ses amis! Çui-là, Hilaire, tu vas le prendre sur la pipe!

Il brandit un poing. Une main le lui retint à temps, la main de Quatresous.

— Arrête, Toussaint, cria Grégoire. C'est moi que ça regarde. Tes amis, y peuvent se défendre eux-mêmes. A la Trappe, on n'est pas plus pourris qu'au-dehors.

Il s'approcha d'Hilaire :

— Je t'en veux pas, Hilaire. Tu es malheureux, mais c'est pas la haine qui te rendra la joie.

Baquerisse grinça des dents :

— Ta gueule, curaillon! Te fatigue pas avec tes prières. Moi, j'en connais qu'une de prière, c'est la « Prière de ne pas fumer ».

Il lui cracha au visage un autre vers, de Laurent Tailhade, celui-ci :

— *Le prêtre, ce vautour qui fleure la punaise...*

Grégoire fit humblement :

— Tape-moi dessus, Hilaire, si t'en as envie.

Baquerisse, poussé à bout, tenta de lui porter traîtreusement un « coup de boule » sur le nez. Ce fut sur ses narines que s'aplatit à la volée la droite meurtrière de l'ex-Frère Grégoire. Hilaire s'abattit, demeura ahuri, assis sur le carrelage.

— Ça, c'est bien, Grégoire! exulta Pejoux. Non seulement t'es le caïd du tracteur, mais t'es un homme! Quand on t'insulte, on te trouve, bravo, mon gars!

Grégoire se débarrassa de l'étreinte affectueuse de son patron, se baissa, ramassa sa victime :

— Je te demande pardon, Hilaire. J'aurais dû être plus patient avec toi, puisque ton âme souffre.

— Fous-y la paix, à mon âme, bon Dieu de merde! jura encore Hilaire, on en reparlera, de tout ça, cureton de mon cul!

Grégoire, calme, avait repris sa place sur le banc, suivi des yeux respectueux de toute l'assistance. Pejoux se mit à découper avec brutalité le pot-au-feu :

— Hilaire, demain matin, la patronne te fera ton compte, et direction la sortie. Du vent et de la poussière!

— Non, dit Grégoire.

— Comment ça, non? s'indigna le fermier. Qui que c'est qui commande ici? Le chien? Le chat?

Quatresous précisa :

— Si Hilaire s'en va, moi aussi.

— Pourquoi ça?

— Parce qu'Hilaire est mon frère...

— Ton frère?

— ...que je l'aime et qu'il me pardonnera un jour de l'avoir frappé.

Pejoux se rassura :

— Ah bon, c'est du catéchisme! J'ai eu peur que ça soye vraiment ton frère. Bon, bon. On fera comme tu veux, Mac Cormick. Exceptionnellement. Parce que la prochaine fois, Hilaire, bon Dieu ou pas bon Dieu, tu passes par la fenêtre!

Hilaire, méprisant, ne répondit pas, plongea son nez aux tons chatoyants d'aubergine dans son assiette. C'était un damoiseau, un muguet, un godelureau du Grand Séminaire de Moulins qui lui avait chipé sa femme, il y avait vingt ans de cela. Ils étaient à présent charcutiers dans la Creuse. Hier cocu, puis battu aujourd'hui, Hilaire Baquerisse n'était pas satisfait, l'était d'autant moins que son *knock-down* conférait un prestige supplémentaire à son auteur Grégoire, lui ralliait tous les cœurs, apportait de l'eau bénite à son moulin à prières.

— A voir comment qu'il a porté sa croix, soufflait Xavier à la patronne, on le savait, nous, qu'il était pas manchot!

L'immense croix trônait dans le grenier, éclairée par deux bougies enfoncées dans deux bouteilles vides.

Accrochée au mur par une punaise, la photo de Muscade en maillot de bain jetait, près cet autel noble et fruste, sa petite note profane.

Grégoire s'assit sur son lit-cage.

Tous ces événements se bousculaient, s'entrechoquaient avec fracas dans sa tête. La nuit dernière, à cette heure-là, il était moine et dans les bras d'une marinière. Là, il était seul, sans marinière, domestique dans un domaine, à vingt kilomètres de Sept-Fons. Il y avait de quoi perdre le nord de Dieu.

« Que sa volonté soit faite », décida Grégoire et, arrachant son drap, il y fit une entaille avec son couteau. Il passa le crâne dans cette chasuble, se mit debout face à la croix. Il ressemblait, ainsi revêtu de cette coule improvisée, à ce Trappiste qu'il avait planté si précipitamment dans son dos. Son ombre se détachait, gigantesque, sur la chaux des murs. Il chanta le *Salve Regina*, et les oreilles de quelques souris intriguées crevèrent la surface du tas de blé.

L'âme ainsi rafraîchie, Grégoire se coucha.

Il entendit, plus tard, les pas feutrés, puis la voix de Marie-Fraise :

— Monsieur Grégoire, c'est moi, Marie-Fraise.

Il chuchota :

— Qu'est-ce que vous voulez?

— J'ai peur, dans mon lit. Je viens causer avec vous. Allumez donc, ou je vas tomber dans le grain.

Il l'entrevit, à la lueur d'une des bougies de son autel.

Elle venait à lui, moulée dans une chemise de nuit transparente. Elle posa sans vergogne son postérieur à peine voilé de dentelles sur la couverture.

— Vous êtes pas mal, ici, bavarda-t-elle. Ah! vous, on peut dire que vous m'avez tapé dans l'œil. Le tracteur, la croix, la boxe, pour un moine vous êtes un vrai dur, un vrai mâle. Qui qu'on va devenir si les vrais hommes vont plus au bal, mais à Sept-Fons? Tiens, qui c'est, celle-là?

Elle désignait la photo.

— Celle-là, balbutia Grégoire troublé par les eaux de Cologne dont s'était aspergée sans lésiner la servante, celle-là, c'est sainte Muscade.

— En maillot de bain?

— Oui. C'est la patronne des maîtres nageurs.

Alors Marie-Fraise lui décocha sa moue à la Brigitte Bardot, entrouvrit ses lèvres, les offrit.

Et Grégoire découvrit que tous les péchés n'avaient pas le même goût, ce qui en étendait, Dieu merci! le registre.

Lorsque le coq eut par trois fois chanté, Marie-Fraise bâilla, puis minauda dans un soupir :

— Dis donc? C'est à la Trappe qu'on t'a appris tout ça?

4.

Au fil des jours, l'idyllique image que s'était faite Joffrette Pejoux du nouveau commis des Pédouilles se ternit certes quelque peu. Quatresous, sur la bicyclette d'occasion qu'il s'était procurée, accompagnait hélas volontiers Baboulot et le Polonais dans de périlleuses excursions d'où le trio revenait dans un état plus ou moins affligeant, l'ancien moine braillant des cantiques, les deux autres des chansons où le seul mot latin connu était « morpionibus ».

Une fois même, au *Café du Marché*, à Jaligny, à dix heures du soir, ils menèrent si grand tapage, Baboulot perdant son pantalon, Stanislas buvant le vin dans ses sabots, Grégoire juché sur une table et aspergeant le tout avec une bouteille de Pernod en forme de goupillon, qu'il fallut alerter les gendarmes.

Sous la conduite du brigadier La Volige, les forces de l'ordre maîtrisèrent les perturbateurs, les chargèrent avec leurs cycles dans leur fourgon, les ramenèrent sans fleurs ni couronnes à leur point de départ.

— Un joli coco, votre ancien moine! déclara La Volige à Pejoux.

Mais le fermier n'était qu'indulgence quant aux frasques de son émérite conducteur de tracteur.

— C'est les deux autres bandits qui l'entraînent, affirma-t-il. Lui, il ne pense qu'à son âme par-ci, son âme par-là.

— Elle est pas près de se dessécher, son âme, plaisanta le brigadier, à voir comment qu'il l'arrose!

— Je ne suis qu'un pécheur, sanglotait Grégoire effondré sur une chaise, un misérable pécheur. *Sancta Maria Mater Dei ora pro nobis peccatoribus*, priez pour nous pauvres pécheurs!...

Pejoux prenait plutôt la chose du bon côté :

— Pleure pas comme ça, Grégoire. Si t'es pécheur, la Besbre est pas loin, va nous prendre une friture!

Cette facétie fit beaucoup rire les gendarmes. Quatresous s'exalta :

— Oui, je serai pêcheur, mais pêcheur d'hommes, comme saint Pierre! Je les ramènerai sur la rive fleurie, je leur ferai un rempart de mon âme!

— Vous y voyez bien, plaida Pejoux, qu'il ramène toujours son âme sur le tapis.

Les membres de la maréchaussée remontèrent dans leur véhicule, et le brigadier La Volige observa :

— En tout cas, monsieur Pejoux, dites-lui qu'elle aura des ennuis, son âme, si elle fait du tapage nocturne.

Les gendarmes partis, Pejoux laissa ronfler Baboulot et Stanislas, écroulés sous le perchoir des dindes pour cuver là leur trop-plein de liquide. Affalé sur son siège, Grégoire se lamentait toujours :

— Je ne suis qu'un indigne, indigne de dénouer les lacets des godasses d'Hilaire. Hilaire, mon frère, viens là que je te déchausse et que je te lave les pieds avec du myrrhe et du benjoin.

— T'auras du boulot, remarqua Pejoux, même avec tes nouveaux produits.

Hilaire, enchanté, criait victoire :

— Tous comme ça, les curés, tous des porcs! Poivrots et voleurs de femmes!

— Ferme donc ton clapet, cocu, ordonna le patron. La cuite, ça n'arrive qu'aux vivants.

Marie-Fraise était au bal à Trézelles, et Joffrette se désolait :

— Quand même, Benoît, quand même! C'est pas un vivant ordinaire, Grégoire, il devrait se surveiller. Quand il est soûl, pour les gens, c'est toute l'église qu'est brindezingue, c'est le pape qu'est noir!

— A la fin, quoi, il est plus moine! riposta son époux. Ça va pas le poursuivre comme une tache toute sa vie. J'ai été zouave, je suis plus habillé en zouave, hein? Eh ben! lui non plus. Il a bien gagné le droit de boire le canon et même de courir la fumelle si ça lui plaît!

Le soir du 14 juillet, Grégoire, Baboulot et le Polonais ne purent rentrer coucher au domaine. En l'honneur de la fête nationale, ils burent tant de chopines qu'elles tournèrent à l'aigre. Baboulot secouait Stanislas :

— T'as pas le droit de boire, toi, aujourd'hui! Ça te regarde pas, d'abord, le 14 juillet! T'es pas français! Toutes les fois que tu siffles un litre, tu craches sur les morts de Verdun! Pas vrai ce que je dis, Vingt Centimes?

— Ça peut s'arranger, bégaya Grégoire, on va le faire naturaliser!

— C'est ça, jubila Baboulot en sortant son couteau, on va le vider et on va le remplir de paille!

— Mais non, pas comme ça! Faut qu'on l'amène à la mairie!

Ils traînèrent Stanislas jusqu'à la porte de la mairie de Cindré. Ils la trouvèrent bizarrement close à deux heures du matin, hurlèrent à tue-tête qu'on leur ouvrît :

— Y peut plus vivre comme ça, le pauvre diable, beuglait Baboulot, ça doit être affreux pour lui d'être polonais!

— Vive la France, pleurnichait Stanislas.

— Vous allez-t-y ouvrir, nom de Dieu! s'égosillait Grégoire oublieux d'un ciel dont toutes les étoiles chaviraient et gigotaient ainsi que dans un panier à salade.

Le secrétaire de mairie fit claquer ses contrevents, brandit son fusil de chasse et, en guise de réponse, tira en l'air deux cartouches.

Les assaillants s'égaillèrent, épouvantés, sur leurs bicyclettes. Ils prirent sans raison trois directions différentes.

Le Polonais, plus polonais que jamais, n'alla pas loin, s'égara sur le terrain de football où, capturé par les filets d'un but tel un chevesne dans un trémail, il s'endormit, *La Marseillaise* aux lèvres. Baboulot pédala jusqu'à Treteau, chut dans un fossé et y ferma les yeux, tout fier d'avoir pu regagner son lit sans anicroche.

Quant à Grégoire, ce fut à l'intérieur du cimetière de Boucé qu'une tombe interrompit brutalement sa fuite. Il se remit en selle, heurta une autre sépulture, culbuta dans l'allée, sidéré par la quantité de dalles essaimées sur une route nationale. Il s'allongea sur un caveau, jugea ce matelas dénué de tout confort, sombra pourtant dans le sommeil. A l'aube, à la vue de ce gisant, une vieille qui passait par là en perdit la raison, ce dont personne d'ailleurs ne s'aperçut dans sa famille.

On récolta ce matin aux Pédouilles, l'un après l'autre, de demi-heure en demi-heure, les participants de ce rallye imprévu. Ils se plongèrent la tête dans un seau d'eau et s'en allèrent vaquer à leurs occupations.

Grégoire et le fermier partirent aux champs sur le tracteur. Pejoux ne fut pas long à remarquer la mélancolie de son commis, s'en inquiéta. Grégoire murmura :

— Voilà. C'est qu'y faut que je m'en retourne à la Trappe, monsieur Pejoux.

— A la Trappe! Et pour qui faire? T'es donc pas bien chez nous?

— Trop bien. Y a que je suis en train de me damner. Ça va plus. Y a les péchés qu'on fait par amour, ceux-là c'est point des péchés, et puis y a les autres. Ceux-là, le lendemain, y passent pas. On peut boire un canon, mais pas comme une bête. On peut aller avec une femme, mais faut l'aimer aussi pour ses yeux, pas seulement que pour le reste. Si je continue comme ça, Dieu va me foutre à la porte, j'y vois bien. Je vais retourner à la Trappe.

Ils s'étaient assis dans l'herbe de l'été, à l'ombre du tracteur. Pejoux, embêté, ronchonna :

— Si tu te posais pas autant de questions, Grégoire, tu serais heureux, aux Pédouilles. T'es toujours en train de te martyriser la cervelle comme un savant, aussi. D'accord, tu t'es soûlé quelques fois, mais c'est pas un crime. S'ils te collent en enfer pour ça, c'est qu'ils y vont pas avec le dos de la cuillère, là-haut!

— Y a pas que ça. Hier, j'ai crié « Nom de Dieu! »

— Écoute, Grégoire, tu me connais. Si t'étais Dieu, une supposition que tu le soyes, est-ce que tu m'enverrais à la cocotte-minute sous prétexte que je jure comme une vache?

— Non. Je regarderais dans votre cœur, et je me dirais : « Pejoux, y dit ça comme ça, mais il en pense pas un mot. »

Pejoux triompha :

— Alors! Pourquoi que tu voudrais qu'il te traite moins bien que moi?

Grégoire hésita, puis fit :

— Pardi. Parce que vous, vous êtes pas de la maison.

Ils étaient sur les bords de la rivière. Pejoux sortit d'un sac du pain et du petit salé. Il se devait de ramener ce pauvre Quatresous à la douceur de vivre. Tout en mangeant avec lenteur, ils écoutèrent chanter le grillon, courir l'eau sur les cailloux d'un radier.

Grégoire reprenait peu à peu confiance. Peut-être n'avait-il pas encore commis le mal, celui qui ne pardonne pas. Sa tentation de réintégrer la Trappe s'effritait. Il fut content de pouvoir enfin résister à une tentation. Il pensa que, s'étant l'autre soir proclamé pêcheur d'hommes, il n'avait pas même connu le chagrin de rentrer bredouille de cette pêche, n'ayant jusque-là tendu aucune ligne. Il n'eût pu présenter à Dom Chrysostome aucun de ces paysans qu'il s'était vanté d'évangéliser. Il ne pouvait, s'il lui était donné de le revoir, lui montrer ses mains vides. Il lui fallait jeter au moins une âme fraîche, vive comme un poisson, aux pieds du Père Abbé.

Quatresous soupira, qui n'en prenait hélas pas le chemin. Bien au contraire, il avait perverti Marie-Fraise, « pure enfant innocente », décrétait ce simple d'une candeur d'agnelet en matière de virginité. Il se promit de ne plus toucher à la servante, de faire à Dieu le sacrifice de ce corps juvénile. Cela ne lui coûtait guère, mais il ne le savait pas, croyait sincèrement combler son Dieu. Grégoire ne savait pas qu'il aimait Muscade, ignorait qu'il lui restait moralement fidèle en n'attachant que si peu d'importance aux étreintes d'une Marie-Fraise qui n'y apportait pas non plus une passion digne d'un roman-photos d' « Atout Cœur ».

Il lui dirait, ce soir, si elle venait le rejoindre au grenier : « Mon enfant, Dieu ne veut plus que tu viennes ici perdre ton âme. » Et Marie-Fraise répondrait : « Dis donc, il y a mis du temps pour s'en apercevoir. Il est pas très rapide, ton bon Dieu, quand ça t'arrange pas. »

Toute la matinée, il fit ronfler très fort le moteur du tracteur pour couvrir tous ces bruits qui troublaient tant et plus son esprit. Il enviait, tressautant sur son siège métallique, l'état végétal d'un Baboulot, l'état minéral d'un Stanislas. Ces deux-là, certes, ne souffraient d'autres angoisses que celles de la gueule de bois.

Lorsque Pejoux et Quatresous, à midi, pénétrèrent dans la salle commune des Pédouilles, ils y reniflèrent une odeur de brûlé et de drame. Les femmes avaient oublié un rôti dans le four et, prostrée sur le banc, Marie-Fraise pleurait, la tête entre ses mains. Hilaire tendit le doigt vers Grégoire, lança en ricanant :

— Le voilà! C'est lui, le curé d'Uruffe!

Joffrette prévint le courroux de Pejoux :

— Pour une fois, il a pas tort, Hilaire! Tu sais ce qu'il a fait, ton Grégoire? Joli citoyen!

— Qui qu'il a fait? Il était avec moi!

— Il était pas avec toi, tempêta la patronne, quand il a enceintré cette couche-toi-là-que-je-m'y-mette de Marie-Fraise!

La servante sanglota bruyamment. Xavier, Baboulot et Stanislas, alignés sur le banc, n'osaient pas regarder le coupable qui, lui, fixait le carrelage, tricolore de honte, foulé aux pieds par tous les saints. Pejoux se mordit les lèvres :

— C'est vrai, ça, Grégoire, que t'as arrangé la Marie-Fraise?

— C'est vrai, reconnut Quatresous, piteux.

— Joli moine! reprit Joffrette avec violence. C'est la première nuit qu'il a passée ici qu'il lui a passé sur le corps, à cette gourde!

Pejoux retint de justesse un sifflement admiratif, lui qui avait reçu une taloche de Marie-Fraise quand il avait essayé, en tout bien tout honneur, de la tripoter dans un recoin de grange.

Il grogna, ennuyé :

— Qui que t'en dis, Grégoire?

Quatresous murmura, plus ennuyé que lui :

— C'est la main de Dieu...

Hilaire éclata :

— La main de Dieu dans la culotte d'un zouave!

Un coup d'œil du maître refroidit l'enthousiasme de l'antéchrist champêtre. Pejoux cogna sur la table pour ramener sa femme à de plus modestes proportions d'épouse obéissante :

— Silence, là-dedans! Marie-Fraise, c'est pas la première qu'en ramasse un plein ventre, cré bon Dieu! ni la dernière! Grégoire va y réparer, et voilà tout!

Ahuri, Quatresous leva les yeux pour questionner le fermier. Il ne voyait pas du tout comment ces moteurs-là pouvaient se réparer. Il bredouilla :

— Y réparer?

Pejoux rigola, lui tapa sur l'épaule pour l'assurer qu'il était toujours de son côté :

— Pas avec une clé à molette, vieux farceur, ni avec un démonte-pneu, vieux *pourciau!* Marie-Fraise, y a pas, faut que tu te maries avec.

Épouvanté, Grégoire fit mine de gagner la sortie :

— C'est que j'y peux pas, de me marier! J'y peux pas! Je préfère retourner à la Trappe.

— Encore la Trappe! fit Pejoux excédé par cette épée de Damoclès qui revenait périodiquement se balancer au-dessus de son tracteur.

A tout hasard, Joffrette s'était ruée vers la porte, la barrait de ses bras écartés :

— Ah! non, Grégoire! Ça serait trop facile! On

sort du couvent, on remplit les filles, et puis on rentre fond de train les grelots à Sept-Fons prier pour la santé du bébé, c'est du propre pour un chrétien! Vous êtes pas plus catholique qu'un chien qui pisse après une croix!

Le futur père joignit deux mains suppliantes :

— Oh, madame Pejoux, ne dites pas cela, je vous en prie. J'y voudrais bien, moi, de réparer, si je pouvais.

— Qu'est ce qui vous en empêche?

— Y a... Y a..., avoua Grégoire, y a que je suis fiancé.

— Fiancé! firent les Pejoux qu'abasourdissaient, à la longue, les succès féminins de l'ancien religieux.

— Y a déjà un cadet! se rengorgea Baboulot, légitimement fier de son camarade.

Marie-Fraise interrompit le débit de ses larmes pour lancer, furibonde :

— Ça serait-y pas avec sainte Muscade que tu serais fiancé, des fois, la patronne des maîtres nageurs?

— Toi, intervint Joffrette en lui secouant la tête d'une gifle, tu causeras quand on te sonnera, pas avant.

Pejoux tenta d'arranger les choses :

— Nous énervons pas, sacré bon Dieu! Si Grégoire dit qu'y peut pas, c'est qu'y peut pas, et voilà tout. C'est un honnête homme. Si Grégoire peut pas, faut en trouver un autre.

— Et qui? tonitrua Joffrette, Stanislas?

Démonté, Pejoux marmonna :

— Stanislas, ça va pas. Un Polonais, c'est pas un parti. Je pensais plutôt à Baboulot...

Baboulot rigola d'une façon un peu grasse, embarrassé. Outrée, Joffrette haussa les épaules :

— Baboulot! Mais elle aimerait mieux coucher avec un porc, la pauvre ch'tite, qu'avec Baboulot!

Toussaint protesta, froissé, qu'il n'était pas plus vilain qu'un autre et que la mère Françoise...

— La paix avec ta vieille paillasse! glapit Pejoux. Marie-Fraise, t'en veux-t-y, de Baboulot, ou t'en veux-t-y pas?

Il s'adressa aux autres pour se justifier :

— Faut quand même lui demander, à elle, non?

Marie-Fraise, toujours pleurnichante entre ses mains, fit « non » de la tête. Baboulot, supérieur, les deux pouces sous les bretelles, plastronna :

— Comme tu voudras, ma fille, comme tu voudras. Moi, quand je voudrais passer devant M. le maire, je serai pas en peine. Je la prendrai même pas prête à vêler, ma promise.

Xavier, rougissant, leva le bras comme à l'école, claqua des doigts pour attirer l'attention sur sa personne. Pejoux l'apostropha :

— T'as quelque chose à dire, l'aristocrate-à-la-lanterne?

— Moi, je veux bien l'épouser, Marie-Fraise, si elle est pas contre.

Stanislas poussa un cri de contentement, ravi de se rendre à la noce. On ne payait pas la boisson, aux noces. Baboulot le fit dégringoler du banc d'une bourrade. Joffrette s'approcha du jeune homme :

— Toi, tu dois pas bien comprendre de quoi y retourne. Marie-Fraise, elle attend un petit. Et le petit, il est de Grégoire. Il sera jamais de toi, tu m'entends, même si tu la prends en marche, Marie-Fraise.

Xavier eut un sourire radieux :

— Ça fait rien. Au contraire. Comme ça, il sera pas fin de race, comme dit M. Pejoux.

La servante dévoila son visage, modela sa moue de star pour des Haudriettes :

— D'accord pour le vicomte. Je serai vicomtesse.

Les Pejoux la regardèrent avec respect, faillirent dans leur trouble la saluer bien bas. Grégoire, timide, demanda :

— Pourquoi que tu fais ça, Xavier?

Xavier répliqua, joyeux :

— Parce que je l'aime.

Marie-Fraise grogna :

— Tu pouvais pas m'y dire avant?

— J'aurais jamais osé.

Se levant, ému, il serra les deux mains de Quatre-sous :

— Merci, Grégoire. Sans vous, sans le petit, j'aurais pas pu me déclarer. Je suis bien heureux. C'est le bon Dieu qui vous a envoyé ici, comme pour le tracteur. Si vous voulez me faire de l'honneur, vous serez le parrain.

Hilaire râla, indigné :

— Ça alors! Vous avez plus qu'à lui donner le Mérite agricole, à ce débauché de ratichon! A bas la calotte!

Jovial, Pejoux lui bailla un soufflet à défoncer une porte :

— Tiens, en v'là une, de calotte!

Il ajouta en s'asseyant :

— C'est pas tout ça, faut peut-être penser à bouffer, maintenant que tout est en ordre. Ho! la vicomtesse, si c'était que de votre bonté de nous apporter une pleine main de mangement?

Il avisa Quatresous piqué au milieu de sa salle, dévoré de doutes et de remords :

— Assis-toi, Grégoire, au lieu de te cailler les sangs. Ceux qui te feront de la morale, je peux te dire qu'ils auraient pas craché sur la Marie-Fraise s'ils avaient pu se la coincer derrière une meule de paille. Sauf Joffrette, bien entendu.

Grégoire se frappa la poitrine :

— Non, Pejoux, c'est ma faute, c'est ma très grande faute! Hilaire a raison, je suis qu'un dépravé, un objet de scandale...

— ... Un diable par la queue! jeta Hilaire revenu de son évanouissement.

Pejoux attrapa Grégoire par la manche, le força à s'installer près de lui :

— Tu commences à me faire mettre les deux chaussettes au garde-à-vous, Grégoire, avec tes philosophies. Si tu recauses d'aller à la Trappe, je t'assomme! Si t'y vas en douce, j'irais te rechercher avec une fourche, cré bon Dieu! Grâce à toi, Xavier épouse celle qu'il aime, Marie-Fraise est noble, et il y aura un petit chrétien de plus, qui que tu veux de mieux?

Quatresous se décida à manger, ébranlé par l'ultime argument du patron. Cela ne manquait pas de justesse. S'il ressemblait à son père, l'enfant aimerait

Dieu. Le pêcheur d'hommes Quatresous, pour ses débuts, les prenait au berceau.

Xavier, enhardi, embrassait sa fiancée dans le cou et Marie-Fraise, chatouillée, se trémoussait, fort loin déjà de ces médiocres incidents. Joffrette elle-même se rassérénait, songeant que les hommes, quels qu'ils fussent, étaient tous des cochons, mais que ce n'était pas bien grave quand ce n'était pas trop sérieux. Elle remarqua pourtant :

— Sûr qu'ils vont faire vilain, M. et Mme des Haudriettes, de voir leur fils avec une fille du peuple, et pleine comme un œuf, en prime!

Xavier secoua le cocotier qu'était son arbre généalogique :

— On s'en fout, de ces deux fourneaux! J'ai vingt-cinq ans et pas besoin de leur consentement. S'ils m'envoient plus de sous, j'en demanderais à mon oncle Guillaume qui peut pas les blairer.

— Moi, en tout cas, le prévint Marie-Fraise, vicomtesse ou pas, je veux rester bonne au domaine!

— T'y resteras, fit Pejoux. On n'est pas fiers, nous autres. Tu pourras même continuer à traire les vaches et faire la vaisselle.

Tout en coupant son lard, Grégoire Quatresous louait le Seigneur. Il tiendrait la promesse qu'il s'était faite tout à l'heure, de ne plus toucher à Marie-Fraise, puisque aussi bien elle ne remonterait plus au grenier.

Après le déjeuner, il s'en alla tout seul sur le tracteur, passa par le bourg pour s'acheter un paquet de tabac. Il s'arrêta aux *Bons Laboureurs* pour ne pas peiner la mère Couzenot qui l'estimait.

— Et une chopine, la mère! gueula-t-il en entrant.

C'était par pure politesse que l'on menait grand bruit aux *Bons Laboureurs*, la patronne ne prisant guère les trotte-menu et les pisse-froid. « Boire un canon, affirmait-elle, c'est de la joie. Vider un pot, ça veut pas dire un pot de chrysanthèmes. »

La mère Couzenot, jouant le jeu, rappliqua en grondant :

— Pas tant de raffut, le moine! Ici, c'est pas Sept-Fons où que vous braillez comme des perdus en pleine nuit!

— J'ai soif.

— Si vous venez chez moi, je me doute que c'est pas pour labourer le parquet.

Elle apporta une chopine et deux verres car elle ne méprisait pas sa propre marchandise.

— Quoi de neuf, aux Pédouilles?

— Pas grand-chose, à part que le vicomte il épouse la Marie-Fraise.

— Ah bon? s'exclama la mère Couzenot qui précisa peu après, et vertement, sa pensée : y va y avoir de la braguette en berne, dans le canton!

— Vrai? fit Quatresous en riboulant deux yeux qui tombaient des nues.

— Vous sortez bien d'un monastère, vous, pas d'autre part! glousa la bonne femme en comptant sur ses doigts : l'Antoine Paquet, un, le Blaise Chavon, deux, le P'tit Louis et le P'tit Jean Poulouque, trois et quatre, l'Hubert Bretelle, cinq, le Portugais du domaine de la Chaume, six, tout ce joli monde lui a défilé sur le nombril, à ce coupe-racines de Marie-Fraise!

— Pas possible!

— Et je parle que de ceux qu'on connaît, que des officiels. Je cause pas des sorties de bal, des parties de fesses à l'air sous les étoiles. J'en suis bien aise pour elle, la pauvre gamine, qu'elle a trouvé un cornichon pour se marier.

Grégoire était encore plus aise qu'elle : à l'en croire, il n'avait perverti personne, attenté à aucune vertu, pollué nulle âme. La patronne des Pédouilles, tout à l'heure, emportée par le flot de ses récriminations, n'avait pas mentionné cet aperçu du palmarès de la servante.

— Moi aussi, déclara Quatresous, ça me fait plaisir, elle est bien gentille.

— Vous y avez peut-être goûté, vieille canaille, pour dire qu'elle est gentille.

Grégoire repoussa ces insinuations avec la fermeté de l'homme intègre, et remit sa tournée, la mère Couzenot offrant toujours la première chopine pour être sûre d'en vider deux.

Lorsqu'il se leva pour partir, il dut accepter la bouteille de vin bouché qu'elle lui fourra de force dans la poche, en paiement de l'herbe qu'il avait coupée l'autre jour pour ses lapins.

Son premier soin, arrivé au pré de la Pierre-qui-danse, fut d'allonger dans l'eau de la rivière ce précieux flacon de beaujolais. Après quoi, il se mit au travail, de bonne humeur d'avoir échappé à l'hyménée. « J'aurais eu l'air fin, moi, quand Muscade reviendra me chercher! Qui qu'elle aurait pensé, ma fiancée, de me voir avec une femme et un enfant! « T'es la vraie truffe, Grégory! » qu'elle m'aurait dit, ma jolie Muscade, ma belle Muscade... »

La féerique évocation de la marinière, cheveux et deux-pièces dans le vent, gonfla le cœur de Grégoire, qui chanta un vieux couplet de sa jeunesse, cette chanson de la Yoyette que se disputent, prétendant tous qu'elle est née sur leur terre, Auvergnats et Bourbonnais :

Mais la Yoyette, elle est encore trop jeune,
Mais la Yoyette, elle est encore trop jeune,
Faites l'amour en attendant
Que la Yoyette elle ait vingt ans!

Quand le soleil se fit moins vif sur son chapeau de paille et les cornes des vaches, Grégoire s'en alla vers la Besbre, y reprit sa bouteille, s'étendit au pied de la Pierre-qui-danse, vieille roche plate à l'ombre de laquelle des Gaulois avaient dû sabler l'hydromel. Elle avait donné son nom au pré, ne dansait plus guère que pour les ivrognes égarés là les soirs de fête carillonnée.

Le bruit du bouchon extirpé du goulot fut comme un mot d'amour aux oreilles de Quatresous. Bon camarade, Grégoire se dit qu'il garderait pour le palais de Baboulot la moitié de ce beaujolais. Il en but une gorgée, songea qu'il était trop léger pour Toussaint qui ne prisait que les boissons puissantes, ne lui en réserva plus qu'un verre. De gorgée en gorgée, la bouteille fut bientôt nettoyée, la part du pauvre Baboulot escamotée. « Il aurait vraiment pas su l'apprécier », décréta Grégoire en roulant sa veste sous sa nuque pour savourer les douceurs qui descendaient du ciel.

— Grégoire! Grégoire! fit tout à coup une voix au-dessus de lui. Quatresous sursauta :

— Qui c'est donc? C'est toi, Toussaint?

— Je ne suis pas Toussaint.

— Qui que t'es, alors? Et où que t'es?

— Je suis sur la Pierre-qui-danse.

Grégoire se recula de deux mètres sur les fesses, leva la tête. Un homme d'une trentaine d'années était en effet assis sur la Pierre-qui-danse et balançait négligemment ses sabots au bout de ses gros orteils. Il portait barbiche comme Xavier des Haudriettes, mais ses cheveux étaient longs comme ceux de Marie-Fraise, dépassaient de sa casquette de toile bleue, lui couvraient même les épaules. Il portait la « biaude », la blouse des marchands de cochons, lorgnait avec chagrin le litre vide qu'il tenait à la main.

— Qui que c'est encore que ce comédien? se demanda Quatresous, je l'ai jamais vu à Chavroches.

— J'ai plus rien à boire, et j'ai soif, se désola l'homme. Y t'en reste plus une goutte, dans ta bouteille à toi?

— Ma foi non, s'échauffa Grégoire, et puis d'abord, qu'est-ce que c'est que ces façons de se percher sur la Pierre-qui-danse et de me tutoyer? Je te connais point. T'es de Trézelles, ou de Jaligny?

L'homme sourit :

— Mais si, tu me connais, Grégoire. Tu ne connais que moi, seulement on s'est jamais rencontrés, voilà tout.

Quatresous dévisagea avec méfiance ce loustic qui était pourtant du pays, à en juger par son accent.

— Arrête de te foutre de moi. Tu ferais mieux d'aller chez le coiffeur.

L'homme sourit encore, dit :

— Chez le coiffeur? Avec ce que j'ai sur le crâne, ça serait guère commode.

Il retira alors lentement sa casquette de journalier, démasquant ainsi la couronne d'épines qui lui ceignait la tête.

Grégoire fit trois bonds en arrière, pensa enfin à tomber à genoux en s'écriant :

— Jésus!

Jésus, car c'était lui en chair et en os, Jésus pour la première fois en Bourbonnais, Jésus se mit à rire, se tapa même sur une cuisse tant la farce lui paraissait excellente :

— Je t'ai bien eu, hein, Grégoire! T'y vois bien que tu me connais, bredignot!

Quatresous balbutia :

— Pardonnez-moi, Seigneur, pardonnez-moi!

— Y a point de mal, vieux gars, y a point de mal. Toutes les fois que je sors, on me remet difficilement. J'ai dû changer, en deux mille ans.

— Ce qui vous change surtout, osa remarquer Quatresous, c'est la casquette. Et puis, vous parlez comme les types d'ici.

— Je vais pas te causer en anglais ou en russe, t'y comprendrais rien.

Le Christ, très détendu, tourna les yeux vers le bétail :

— Elles sont belles, les vaches, dans le coin. Pas comme aux Indes.

— Oui, Seigneur, approuva Quatresous qui n'était

pas allé aux Indes mais croyait son interlocuteur sur parole.

— Appelle-moi donc Jésus, fit Jésus, on n'est qu'en petit comité.

Quatresous avala péniblement sa salive. A qui pourrait-il raconter ultérieurement que Jésus était un garçon pas fier pour deux sous?

— Comment que tu vas, à part ça, Grégoire?

— Ben, répondit Quatresous piteux, vous devez savoir que j'ai quitté la Trappe.

— J'y sais. D'ailleurs, te mets pas en peine de me raconter des menteries. Avec moi, tu tomberais sur un os.

— Je m'en doute, monsieur Jésus, murmura Grégoire que la familiarité du Fils de Dieu rassurait quelque peu.

Jésus rigola tout comme un vulgaire Baboulot :

— Monsieur Jésus! Tu vois ça dans les prières, toi? Les Litanies du Saint Nom de monsieur Jésus! La Passion, le Sacré-Cœur de monsieur Jésus! Appelle-moi Jésus, quoi, comme un copain. Je ne suis plus ton copain, Grégoire?

— Si, Jésus. Mais j'en suis bien indigne depuis que je suis monté sur *La Belle-de-Suresnes*.

Le Christ secouait désespérément sa bouteille. Il lança, distrait :

— Tiens, je croyais qu'elle s'appelait Muscade?

Quatresous rougit de la divine méprise :

— *La Belle-de-Suresnes*, sauf votre respect, c'est la péniche. Je disais donc que j'étais indigne de votre amitié.

Désappointé, le Nazaréen reposa son litre sur la Pierre-qui-danse en bougonnant :

— Y a des litres qui font pas le litre. C'est une parabole-express, ça. Dommage que Luc ou Matthieu soyent pas là pour y noter. Indigne, Quatresous? Mais tout le monde est indigne.

— Surtout moi, Seigneur.

Malicieux, Jésus le menaça du doigt :

— Ah! non, Grégoire, je te vois venir! Tu veux me faire le coup de la sainteté! Les saints, tous des gars prêts à se cogner les uns les autres pour jurer qu'ils avaient fait plus de péchés que le voisin! Tous des champions du repentir! J'en veux plus. J'en ai un plein calendrier des postes, que je sais plus où les mettre. Sans parler qu'il y en a qui m'ont pas fait de la publicité! Prends saint Christophe, tiens! « Je veux les bagnoles, qu'il arrêtait pas de me bassiner, je veux m'occuper des bagnoles, Seigneur! » Je lui donne donc les autos, pour avoir la paix. Depuis, il les envoie dans les platanes, parce qu'il pense à autre chose, et c'est moi qu'on engueule! Me cause plus des saints, Grégoire. Tu es très bien comme ça. Paye-me un litre, et ça fera le compte.

— J'y vais, j'y vais, dit Quatresous en se relevant et en se précipitant sur sa veste et son chapeau. Je fonce au Familistère, et je reviens.

Jésus le stoppa d'un geste :

— Cinq minutes, Grégoire, on a cinq minutes! On a même l'éternité.

Quatresous s'autorisa une humble suggestion. Il désigna la Besbre :

— On pourrait... Enfin... Vous pourriez...

Jésus haussa les épaules :

— Ah oui! Changer l'eau en vin. Le coup des noces de Cana. C'est un vieux tour, ça. Entre nous, c'était pour épater la galerie. A l'époque, y en avait besoin. Fallait que je fasse tout, pour les amuser, le rebouteux, le prestidigitateur et même du ski nautique. Garde-le pour toi, Grégoire, parce que c'était pas utile d'y marquer dans les Évangiles, mais ça vaut rien, l'eau changée en pinard. Rien. Pas un coup de cidre. C'est de la bibine. Le raisin, Grégoire, le raisin, y a que ça! Faut pas sortir de là. Tout le reste, c'est coca-cola et compagnie.

Ému, Quatresous triturait son chapeau, le tournait et le retournait. « Faudrait quand même que je lui demande, pendant que je le tiens, si je suis en état de péché mortel. S'il y sait pas, lui, personne d'autre y saura. » Il allait ouvrir la bouche, mais Jésus lui épargna cette peine :

— J'ai compris, Grégoire. Non, tu n'as pas fait de mal. Quand tu bois un canon, tu trinques avec moi. Retiens bien ça, qu'est pas marqué non plus dans les Évangiles : il faut trinquer avec Jésus.

— J'en suis bien heureux, fit Grégoire ravi de ce feu vert plus vert qu'une émeraude. Seulement...

— Seulement?

— Seulement... il y a les femmes...

— Oh! moi, tu sais, grommela Jésus, les femmes, j'y connais rien. Ça me regarde pas. J'ai jamais empêché les gens de faire l'amour, pas plus que j'en ai empêché les chats, les chiens, les poules, etc. C'est vous qui avez inventé des tas d'embrouilles là-dessus, faudrait voir à pas tout me coller sur le dos. Je vous ai dit de vous multiplier, j'ai pas à tenir la chandelle, en plus!

Ce langage direct bouleversait Grégoire. Ce qu'il parlait bien, quand même, et qu'il était dommage qu'il ne parlât pas davantage! Quatresous discuta encore :

— Quand même, Seigneur, quand même... C'est mieux quand on aime, non?

— C'est toujours mieux quand on aime, bien sûr que oui, gourdiflot. C'est la parabole du caviar et du rutabaga.

— Tiens, je l'ai jamais entendue, celle-là, s'étonna Grégoire.

Jésus, agacé, claqua du sabot sur la pierre :

— Et voilà! Je l'avais racontée à Marc, et il l'a paumée en route alors que c'était une des plus importantes. La prochaine fois, j'écrirai moi-même

Quatresous questionna :

— Parce qu'il y aura une prochaine fois?

Jésus se décontracta et lança même, gamin :

— Mystère et boule de gomme!

Quatresous s'enhardit devant tant de bonhomie :

— Et Muscade, Seigneur, Muscade, est-ce qu'elle reviendra?

Jésus rigola comme tout à l'heure :

— Dis donc, Grégoire, tu veux aussi que je te tire les cartes, que je lise dans le marc de café? Je ne suis pas venu pour te donner ton horoscope. Pendant que tu y es, demande-moi aussi le tiercé dans l'ordre pour dimanche! Tu envoies le bouchon un peu loin quand tu t'y mets!

Grégoire s'aperçut alors qu'il était debout, s'agenouilla à la hâte :

— Pardonnez-moi, Seigneur, j'y referai plus. Foudroyez-moi!

— Y a pas presse! décréta le Christ. J'ai deux ou trois trucs à te dire avant de remonter là-haut.

— Je vous écoute.

Jésus se leva brusquement, fit les cent pas sur la Pierre-qui-danse en réfléchissant. Ses sabots sonnaient clair sur le roc. Quatresous effrayé se permit de souffler :

— Faites attention, Seigneur, y a de la mousse. Vous allez glisser et vous casser quelque chose.

— Te bile pas, répliqua Jésus. Tu ne verras pas Dieu la jambe dans le plâtre. La croix, d'accord, ça plaît à mon public, pas les béquilles.

Il fit encore quelques allers et retours sur la pierre avant de se rasseoir :

— Grégoire, je vais te confier une mission terrestre. C'est même pour ça que je t'ai tiré de la Trappe. Parce que si tu t'imagines que tu en es parti tout seul, tu fais erreur. J'y ai tout goupillé à cause des moutons des Pédouilles.

— Les moutons des Pédouilles? balbutia Grégoire inquiet pour la raison de son Seigneur.

— Oui. Faut que tu les baptises, et à l'eau bénite, s'il te plaît.

— Que je les baptise? s'effara Quatresous.

— Parfaitement.

— Mais... ils vont à la boucherie!

— Et alors? Les hommes aussi, et on les baptise bien. Ne m'interromps pas tout le temps, bougre de contestataire. J'ai trop fait pour vous, pas assez pour les bêtes, faut que je m'en occupe. Tais-toi.

Si je te laisse parler, tu vas me dire : « Et les chiens, et les dindes, et les vaches? », ou alors que des moutons il y en a ailleurs qu'aux Pédouilles. C'est ceux-là qui m'intéressent pour aujourd'hui. Je veux leurs âmes dans le pré des agneaux de Dieu. Quand j'en voudrai d'autres, j'y demanderai à d'autres Grégoire.

C'était là une drôle d'idée, mais Quatresous ne la discuta pas. Jésus était par essence infaillible. Il avait l'air d'y tenir, aux vingt-sept moutons du père Pejoux.

— Ça te va?

— Ça me va, Seigneur. Mais où que je trouverai l'eau bénite?

— A l'église, bien sûr, pas à la station-service.

— Le curé voudra jamais me la donner.

Jésus soupira :

— Évidemment que non! Ah! Grégoire, je te fais l'honneur de t'apparaître, alors que je n'apparais pour ainsi dire qu'aux enfants, et tu me contraries, et tu ne comprends rien. L'eau bénite, tu la voleras. Elle est à moi, oui ou non? Si on te pince, dis-toi que je te couvre. Le curé, j'en fais mon affaire, ça serait pas la peine d'être au sommet de la hiérarchie!

Quatresous se prosterna de plus belle, jura que l'on pouvait compter sur lui. Là-dessus, le Christ changea de conversation :

— A part les moutons, faudrait bien aussi qu'Hilaire et Baboulot croient en Dieu.

Il avait de ces exigences! Grégoire regimba timidement :

— Vous savez, Seigneur...

Jésus, une seconde, adopta par inadvertance l'accent de Paris :

— Oui, je sais que ce n'est pas de la tarte...

Il rectifia, reprit celui du terroir :

— Essaies-y. Je te donnerai la main, si c'est trop coton. Les autres, je les ramasserai *in extremis* sur leur lit de mort, mais je ne suis pas sûr de ces deux-là. Et il me les faut, c'est des bons gars. Ils ne méritent pas d'aller au Diable. Hilaire ne m'aime pas, parce qu'il croit que je ne l'aime pas. A toi de lui prouver le contraire. Tu devrais être heureux de voir que t'as pas quitté la Trappe uniquement pour vider chopine et plonger dans les soutiens-gorge.

— J'en suis heureux, Seigneur.

Jésus se racla la gorge :

— Tu m'as desséché ce qui me restait de salive, vieux frère. Une soif, dans ce corps, une soif! Tu le payes, ce litre, ou tu le payes pas? Relève-tu donc, tu vas t'user les genoux du pantalon.

Grégoire obéit, demeura quand même au garde-à-vous. Jésus passa sa langue sur ses lèvres :

— Et me ramène surtout pas du vin de mahométans, ça désaltère point. Je boirais plutôt du saint-pourçain, si c'est pas abuser.

— A vos ordres, Jésus. Du blanc, du rouge, ou du rosé?

— Tu me poses des problèmes...

Quatresous fut confus de poser des problèmes à Dieu.

— Allons-y pour du rosé, finit par décider le Très-Haut.

Les mollets tremblotants, Quatresous s'éloigna vers les clôtures. Jésus le rappela, bon prince :

— Grégoire! Ho! Grégoire!

— Oui, Seigneur?

— Faut quand même que je te dise deux mots, rien que deux, pour Muscade.

— Oui, Seigneur?

— Attends-la.

— Je l'attendrai, Seigneur.

— Tu me fais confiance?

— Oui monsieur, bredouilla Grégoire égaré de bonheur.

— Va!

Le soir était venu. Quatresous se hâta vers le bourg. Muscade reviendrait, il avait la parole du Christ.

Grégoire courait. Mais ses jambes de cinquante ans le gênaient pour courir. Un point de côté l'obligea à trotter. « Jésus a soif, ahanait-il les dents serrées, Jésus a soif, c'est pas le moment de lambiner. »

Il atteignit enfin la porte du Familistère, l'ouvrit à la volée, faillit s'affaler dans la boutique, chut dans les bras de l'épicier :

— Baptiste... vite... bouteille... Jésus...

Baptiste revint de son émoi, cala Grégoire tout contre des cageots :

— Allons, mon vieux Quatresous! Du calme! T'es pire que fou de courir comme ça, ta chemise est trempée!

— Saint-Pourçain... rosé... pas pour moi... quelqu'un de bien... de très bien...

L'épicier s'esclaffa :

— Ben mon loulou, j'ai jamais vu un client m'arriver dans cet état! Jamais vu non plus du Saint-Pourçain qui pressait tant! La voilà, ta bouteille.

— C'est-y la meilleure? interrogea, tragique, l'ancien moine.

— Y en a point d'autre.

Quatresous la lui arracha sans ménagement, jeta un billet sur le comptoir et, sans attendre sa monnaie, ressortit en courant. Ses sabots crépitaient sur la route comme ceux d'un cheval. Grégoire serrait si fort la bouteille pour ne pas l'échapper que ses doigts étaient blancs lorsqu'il pénétra dans le pré éclairé par la lune.

— Me v'là, Seigneur, me v'là, brailla Grégoire, et c'est du bon! Vous allez me goûter ça!

Jésus ne répondit pas.

Grégoire s'approcha de la Pierre-qui-danse.

Jésus n'y était plus. Son litre vide, pas davantage. La pierre luisait sous ce ciel bleu nuit, ce ciel d'où Jésus devait sourire dans sa barbe de la déconvenue de son commissionnaire.

— Jésus! Jésus! cria Quatresous, espérant encore voir surgir le Seigneur du fond du pré. Une vache meugla.

— C'est pas toi que j'appelle, carne!

Il regarda encore tout autour de la pierre, et dessus. Pas plus de Christ que de champignons.

— Vous auriez pu m'attendre, reprocha-t-il, j'ai pourtant pas mis longtemps, je pouvais pas courir plus vite.

Il resta là, les bras ballants, déçu, son Saint-Pourçain dédaigné à la main. Il grommela encore :

— Je peux quand même pas la boire, elle est à vous. Je vas vous la laisser. Je vas même vous l'ouvrir, sûr que vous devez pas avoir de tire-bouchon sur vous.

Il grimpa sur la pierre, posa la bouteille au milieu. Une étoile la frappa d'une étrange lueur. Réjoui, Quatresous y vit un signe divin.

— J'y vois, murmura-t-il avec tendresse, vous vous excusez. Vous avez pas voulu me faire malice. Un moribond vous appelait quelque part, vous avez été obligé de partir. Vous reviendrez le boire cette nuit, mon Saint-Pourçain. Buvez-le à ma santé, en pensant à moi.

Il caressa le flacon sacré, enfonça à peine le bouchon, juste assez pour que la poussière ne tombe pas dans le vin destiné au plus illustre des gosiers.

— Allons, soliloqua-t-il en remontant sur le tracteur, c'est quand même bien brave à vous, bien chic d'être venu...

Avant de prendre le tournant du chemin, il tendit le col vers la Pierre-qui-danse. Là-bas, l'étoile baignait toujours la bouteille d'une irréelle phosphorescence.

Aux Pédouilles, on s'apprêtait à manger la soupe. Pejoux guettait les bruits de la nuit :

— Ça m'épate que Grégoire soit pas rentré.

— Le tracteur est peut-être en panne, insinua le fielleux Hilaire.

— En panne avec Grégoire, ça me ferait mal, gronda le fermier, c'est toi qu'es en panne.

— Alors, il s'est arrêté aux *Bons Laboureurs*, et

il est à quatre pattes sur la route, supposa le sournois.

— Langue de pute, enragea Pejoux, te mériterais encore tout un paquet de torgnoles, v'là que je l'entends, mon Grégoire. On peut passer à table.

Se portant lui-même en triomphe, Quatresous illuminé pénétra peu après dans la salle en chantant à pleine gorge le *Jesu Redemptor*

— Il est soûl! jubila Hilaire, qu'est-ce que je vous avais dit, patron!

Grégoire rempocha son *Jesu Redemptor*, écarta les bras et clama :

— Tais-toi, infidèle! Dieu existe! C'est officiel à partir de ce soir! Dieu existe, je l'ai rencontré!

Il fut moins heureux que Claudel et que Frossard, crus sur parole, eux, parce qu'ils écrivaient au *Figaro*. La rencontre de Dieu et de Quatresous fut sévèrement mise en doute, même par les amis du dernier nommé.

— Tu l'as rencontré chez la mère Couzenot, oui! rigola Baboulot.

— L'animal! étouffait Pejoux en versant des larmes de joie, c'est pas un verre qu'il a bu, mais tout un double décalitre!

Joffrette se leva, huma Quatresous :

— Ma foi, pas sûr. Il sent pas plus la vinasse que d'habitude.

— Vous avez peut-être pris un coup de soleil, Grégoire? s'enquit Xavier avec affection.

Face à ces incrédules, Grégoire se débattit, farouche :

— Mais je vous dis que je l'ai vu de mes deux yeux, que j'ai vu Jésus-Christ comme je vous vois, même qu'il était fou de soif, et qu'il m'a demandé de lui payer un litre!

Ce fut du délire. Stanislas avala de travers sa cuillerée de soupe, exécuta des jets de cachalot. Le sombre Hilaire, qui n'avait pas souri depuis le départ de sa femme, se tenait les côtes. Toujours fier de son vieux copain, Baboulot rugissait :

— Sacré Grégoire! Y a pas plus marrant que lui dans le département quand y s'y met, la vache!

Quatresous désarçonné prit à témoin les deux femmes qui pouffaient dans leur tablier :

— Il était sur la Pierre-qui-danse avec ses deux sabots et sa couronne d'épines, je vous y jure, aussi vrai qu'on est tous là!

— Assez, Grégoire, supplia Pejoux en s'éventant avec son chapeau, assez! T'es ben capable de nous dire qu'il avait une blouse de marchand de porcs, ton Jésus!

— Comment que vous y savez? fit Quatresous ébahi.

L'hilarité redoubla. Les chiens se mirent à japper. A la faveur d'une accalmie, Grégoire plaça encore :

— Il voulait pas de vin d'Algérie, alors j'ai été lui chercher du rosé de Saint-Pourçain. Vous pouvez y demander à Baptiste du Familistère, vous le prendrez peut-être au sérieux, lui.

Pejoux s'essuya les yeux :

— Et il l'a bu, Jésus, ton saint-pourçain?

— Non, avoua Quatresous. Il était déjà reparti.

— Alors, c'est toi qui l'as sifflée, la bouteille? Ça expliquerait bien des miracles!

— J'y ai pas touché. Je l'ai laissée sur la Pierre-qui-danse. Y trouvera peut-être un moment pour venir y goûter cette nuit...

Baboulot fronça les sourcils. Pejoux toisa avec sollicitude le conducteur de son tracteur :

— Hier, t'as trop arrosé le 14 juillet, et aujourd'hui t'as travaillé comme une bête, mon petit Grégoire. T'es fatigué. Demain, tu te reposeras. La religion, c'est comme l'intelligence, ça monte au cerveau.

Grégoire s'assit, désolé, sur le banc, et soupira, et murmura :

— Et voilà! Personne me croit, moi, parce que je suis qu'un pauvre petit cultivateur de rien du tout. Quand Pie XII a eu ses apparitions, y a pas eu un pèlerin pour lui dire qu'il était tombé sur la tête. Un jour, on y montera une église, à la Pierre-qui-danse, une basilique où qu'on vénérera la Sainte-Bouteille, le Saint-Litre!

— Mange donc ta Sainte-Soupe, lui conseilla Pejoux, et va au lit. Ça ira mieux demain.

— Faut reconnaître, aussi, qu'il a fait chaud, affirma Hilaire.

On oublia Jésus au bénéfice de la sécheresse, qui préoccupait bien davantage cet aréopage d'agriculteurs. Quatresous demeura à l'écart de cette conversation prosaïque. Il avala sa soupe, le sourire des Élus au coin des lèvres. L'essentiel, n'était-il pas de l'avoir rencontré, Lui, de l'avoir entendu lui donner raison d'avoir quitté la Trappe, bu le canon, aimé les filles, sans le fâcher pour si peu? Après le fromage, il grimpa au grenier, sur un petit salut supérieur à tous ces sceptiques dont il devait ramener une paire à Dieu. En chaussettes, il baisa, ivre

d'amour, la croix du Christ et la photo de Muscade.
« Attends-la », avait dit Jésus.
Credo in unum Deum, lui répondit Grégoire, qui ne demandait qu'à le croire.

5.

Les courroies d'une musette et de deux bidons de soldat croisées autour du torse, Grégoire enfourcha sa bicyclette et s'en alla dans le matin rose et bleu. Il avait hâte d'arriver au pré de la Pierre-qui-danse.

Dès qu'il y fut, il ouvrit la barrière, se précipita vers la pierre plate. Et plus il s'approchait de cette sainte Table, plus il avait du chaud et froid dans l'âme. Il distingua enfin, à la place exacte où il l'avait abandonnée, la bouteille de Saint-Pourçain.

Elle était vide.

Jésus était revenu, dans la nuit ou à l'aube, et en avait « sifflé » le contenu.

— Seigneur, s'extasia Quatresous en s'agenouillant, Seigneur, vous avez une sacrée descente.

Il récita d'une voix forte un *Pater Noster* qui fit s'incliner les pâquerettes, douter Totone le taureau de l'intangibilité des choses, sauter une carpe au-dessus des brumes de la rivière.

— Miracle! cria Grégoire avec orgueil, miracle!

— Prodige! répéta l'écho qui avait mal compris.

— Merveille! croassa un vol de corbeaux qui partaient aux champs.

— Et paix sur la terre aux hommes de bonne

volonté! conclut dans les peupliers une brise qui n'avait pas un sens très évident de l'opportunité ni de l'actualité.

Ses dévotions faites, Grégoire s'empara avec respect de la Sainte-Bouteille, la pressa contre son cœur avant de la fourrer dans sa musette. Avant de revenir à son vélo, il regarda encore une fois la pierre, puis le ciel, auquel il adressa un clin d'œil complice :

— J'espère, Seigneur, qu'il avait pas le goût de bouchon!

Ce fut en pédalant qu'il improvisa, l'Esprit Saint le visitant, le psaume qui fut recueilli, plus tard, sous le nom des « Litanies de Saint-Pourçain » :

Saint-Pourçain, Saint-Pourçain,
Toi le plus grand des saints,
Divin coussin
Pointe de sein,
Seul traversin
Du capucin,
Toi mocassin
Du fantassin, etc.

Lorsqu'il fut à Jaligny, il entra dans l'église, se dirigea sans hésiter vers le bénitier. Sortant de sa poche un tuyau de caoutchouc, il transvasa à l'aide de cette pipette toute l'eau bénite dans un de ses bidons. La petite lampe rouge papillota comme pour l'encourager. Ce pieux larcin effectué, Grégoire se rendit au *Café du Marché* pour se redonner du jarret.

Il était, ce café, tenu par les deux sœurs Lagoutte,

deux vieilles filles de quarante-cinq et quarante-sept ans.

La plus jeune, Emma, était atteinte d'un soupçon de claudication, Adelphine avouait un embryon de strabisme, une broutille. Les méchants prétendaient que la première louchait d'une jambe, que la seconde boitait d'un œil. Les bienveillants genre Grégoire n'entrevoyaient aucune trace d'orthopédie dans la courbe de leur corsage, appréciaient le galbe, façon lavandière, de leur croupe.

Les sœurs tricotaient côte à côte lorsque Grégoire s'assit à une table, commanda une chopine de blanc et deux verres. Il les emplit ras bord et trinqua. Emma et Adelphine sourirent :

— Vous trinquez donc tout seul, Quatresous?

— Je trinque pas tout seul, je trinque avec Dieu.

Le doigt au plafond, il cita les paroles divines :

— « Quand tu bois un canon, tu trinques avec moi. Il faut trinquer avec Jésus! »

Emma l'approuva :

— Vous avez bien raison. Ça fera toujours moins de potin que de trinquer avec vos copains Baboulot et le Polonais, comme l'autre jour.

Elle était près de lui. Fort des autorisations célestes, Grégoire lui pinça le mollet. Emma ne broncha pas. Grégoire vida son verre puis, avec recueillement, celui de Jésus.

— Et comment qu'il le trouve, Jésus? plaisanta Adelphine.

— Bien frais, fit Quatresous, sentencieux.

Quand il tenait le rôle du Christ, il s'astreignait, certes, à plus de gravité que dans celui de Quatresous.

Ainsi, la main leste qui effleura la cuisse d'Adelphine, n'était pas celle de Dieu.

Les sœurs Lagoutte complimentèrent leur client pour ses belles manières :

— On voit que vous réchappez pas d'une écurie, vous, Grégoire. Y a pas à dire, mais à Sept-Fons, y vous donnent de l'éducation. Des hommes comme vous, ça court pas les rues de Jaligny. Sauf votre respect, les jours de marché, ça nous faudrait des jupes, et même des culottes, en peau de hérisson.

— C'est ça, les païens, affirma Grégoire en se levant. Au revoir, et excusez-moi pour Baboulot et le Polonais, c'est des bons gars, mais qui marchent à côté de leur âme.

Elles l'accompagnèrent en chœur à la porte :

— Vous partez déjà!

— J'ai du boulot, ce matin. Je fais la tournée des églises.

Adelphine soupira à l'oreille de ce dévot hors de l'ordre courant :

— Et ce soir, qu'est-ce que vous faites? Votre religion vous interdit pas de jouer à la manille?

Emma glissa dans l'autre oreille :

— On fermera la boutique. On sera tranquilles.

Quatresous, angélique, ne put leur faire qu'une réponse évasive qui les laissa sur des charbons ardents.

Il reprit sa bicyclette, souqua ferme sur les pédales pour regagner Chavroches. Il y assécha le bénitier de l'église par le même procédé déjà employé à Jaligny.

Ses deux bidons remplis, il s'apprêtait à cingler

vers les Pédouilles lorsque, sur la place, le curé l'interpella. C'était le curé Pantoufle, un vieux prêtre tout déshydraté, moins juteux qu'un grain de café, un criquet vêtu de noir.

— Quatresous!

— Oui, monsieur le curé?

Le curé Pantoufle fit craquer les feuilles mortes de ses mains :

— Quatresous, vous déshonorez ma paroisse.

Inquiet, Grégoire se demanda si l'ecclésiastique ne l'avait pas vu, par hasard, pomper son eau bénite. Il n'était pas question d'eau bénite.

— J'ai vu tout à l'heure votre patron, Benoît Pejoux. Ainsi, malheureux, vous avez vu Jésus dans le pré de la Pierre-qui-danse? Bravo, bravo!

Grégoire, flatté, se dit que le vieux pasteur allait, prodigieusement intéressé, l'interroger : « Alors? Comment est-il? » Il n'était pas non plus question de cela. Pantoufle n'était pas fier du tout de l'apparition du Christ sur le territoire de la commune :

— J'espère que vous allez réfuter à présent une vision uniquement due à une de vos trop fréquentes libations. Par égard pour votre passé, pour vos vingt-six années d'état religieux, je pensais, à votre arrivée aux Pédouilles, que vous auriez à cœur de mener la plus discrète des vies. Il n'en a rien été, hélas! Pilier, entre autres estaminets, des *Bons Laboureurs*, vous voguez de scandale en scandale ainsi qu'un chien crevé. Vous avez, paraît-il, détourné une jeune fille de ses devoirs les plus sacrés, et voilà que vous voyez Jésus, que vous le voyez double! C'en est trop! Vous devriez être excommunié!

Grégoire protesta :

— Mais, monsieur le curé, je l'ai vu, Jésus! On s'est causé! Au domaine, y se sont foutus de moi, mais vous, homme d'Église, vous devez me croire, puisqu'on croit en Dieu tous les deux!

Le curé Pantoufle se signa à la hâte :

— Quatresous, j'ai bien peur que ce ne soit plus du tout le même!

Grégoire marmonna pour cette vieille souche :

— Ça se pourrait bien, monsieur le curé. Le vôtre, c'est celui des gardes-pêche, gardes-chasse et gardes-chiourme. Dieu, le vrai, vous n'avez jamais trinqué avec lui.

Il extirpa avec soin la bouteille de sa musette, la brandit sous le nez du prêtre suffoqué :

— Qu'est-ce que c'est que ça, curé Pantoufle?

— Mais... c'est une bouteille...

— Vous devriez être à plat ventre devant, si vous aviez pour deux sous de religion, curé Pantoufle, si vous croyiez en Dieu vivant et pas en Dieu fossile! C'est Jésus qui l'a bue, cette bouteille, et pas plus tard que cette nuit! Cette Sainte-Bouteille, curé Pantoufle, trois francs cinquante et consignée trente centimes, c'est la relique du siècle!

Le vieillard se signa derechef et Grégoire, calmé, fit erreur, crut que le curé, enfin frappé par la grâce, adorait avec lui le Saint-Litre. Il se signa de même, baisa avec foi l'étiquette « Saint-Pourçain » et murmura :

— ... Car ceci est mon sang...

L'abbé poussa un cri d'horreur :

— Malédiction sur vous, renégat, blasphémateur,

idolâtre! Vous vous prosternez comme les nègres devant un totem, et votre fétiche d'ivrogne ne pouvait pas être autre chose qu'une bouteille!

Grégoire se gonfla de fureur, relogea la « relique du siècle » en sa châsse et repoussa ce curé qui s'accrochait à ses vêtements, s'efforçait de l'entraîner vers l'église tout en piaillant :

— Venez, misérable, venez, je vais vous entendre en confession!

Grégoire éclata :

— Vous pouvez vous la mettre sous le bras, votre confession, espèce de crabe de presbytère! Je me suis confessé hier à Jésus et il m'a absous de A à Z, parfaitement, d'avoir un peu braconné dans le bois des prie-Dieu!

A deux doigts de l'infarctus, le pauvre curé Pantoufle, muet, s'adossa à un arbre.

Avant de plonger à bicyclette dans la descente du vieux bourg, Grégoire farceur lança au vicaire :

— Ah! que je vous raconte, avant de partir, ce qu'il m'a dit de vous, Notre-Seigneur! Il m'a dit : « Pantoufle? Ah! oui, l'âme du Purgatoire! »

Le curé Pantoufle, frappé par cette mauvaise nouvelle, glissa au pied de l'arbre, où sa bonne ne le ranima qu'à grand-peine.

Et Grégoire s'avança parmi les moutons, et Grégoire déclara aux moutons :

— Moutons des Pédouilles! Arrêtez-vous donc un peu de brouter comme des moutons ordinaires, quand je viens vous causer de votre âme! D'autres vous causeront un jour de vos pieds, de vos langues, d'haricot de mouton, de gigots, de selles, d'épaules, de côtelettes et de cervelles de mouton. Mais ça, on vous en causera bien assez tôt pour votre matricule. Moutons des Pédouilles, vous y savez pas, mais vous avez une âme, une âme qu'ira paître dans le pré des agneaux de Dieu, ce qu'est vous faire bien de l'honneur. Seulement, votre âme, comme toutes les âmes, elle est salie par le péché originel, vous y comprenez facile, ça, pas besoin de sortir de Saint-Cyr. Pour qu'elle soye propre, pour qu'elle aille au ciel, où que Jésus vous attend vu qu'on en a discuté tous deux pas plus tard qu'hier, faut que je vous baptise.

Grégoire transpirait, ses bidons en sautoir. Son auditoire n'était pas des plus attentifs et une brebis, cela sautait aux yeux, se fichait de son âme comme de sa première pelote de laine. Quatresous poursuivit vaillamment son sermon :

— Étant donné qu'une ouille c'est bête comme une ouille, vous y savez ou vous y savez pas que seul un prêtre peut conférer le baptême. Mais n'importe qui peut baptiser avec de l'eau nature, en cas de nécessité. Sans les cérémonies d'église, ça s'appelle plus baptême, mais ondoiement. Ça m'étonnerait que vous y voyiez une différence. Jésus, qui m'a causé hier à la Pierre-qui-danse comme je vous cause, y vous fait une fleur, une grâce si vous y aimez mieux. Vous serez pas ondoyés à l'eau de la pompe, mais à l'eau bénite!

Faraud, il frappa de la paume sur ses bidons :

— Quatre litres! Deux bénitiers à sec rien que pour vous! Allez, par qui qu'on commence?

Il s'empara du premier mouton qui se mit à se débattre ainsi qu'un furieux, croyant arrivé le couteau du boucher. Le tenant par une patte, l'officiant parvint par la force à lui purifier l'âme en lui aspergeant la tête.

— Je te baptise au nom du Père et du Fils et du Saint-Esprit, réussit à dire Grégoire avant que son sujet puisse se carapater. L'entreprise ne fut pas de tout repos. Après son troisième baptême, Quatresous ne put approcher le troupeau gagné par l'inquiétude. Il lui donna la chasse aux quatre coins du pré. Les moutons, de plus en plus alarmés, se jetaient en bêlant dans les treillis.

— Si c'était pas que de Jésus, se plaignait Quatresous hors d'haleine, comment que je les laisserais tomber, ces charognes!

Il plongea tel un gardien de but, plaqua aux pattes arrière une âme supplémentaire.

— Je me demande, bougonna-t-il en relâchant l'agnelet, si je l'ai pas déjà opéré, çui-là...

Il se rendit compte que d'aucuns échapperaient toujours à la cérémonie, et que d'autres seraient baptisés trois ou quatre fois. Toutes ces éventualités lui parurent déplorables.

L'apôtre obtint du troupeau une paix relative, l'ayant coincé contre un grillage au prix d'une course épuisante sous le soleil. Il procéda alors, très vite, à un baptême collectif, balança à la volée sur les moutons, essoufflés eux aussi, le contenu de ses bidons, leur balança de même les paroles sacramentelles et s'allongea dans l'herbe, harassé, les bras en sainte croix, les yeux au ciel.

— Que votre volonté soit faite! soupira le pauvre homme avant de s'endormir.

Pendant que reposait le Juste, le Malin, lui, le Maudit, endurait mille morts.

Baboulot était malade. Terré dans sa mansarde, il geignait et se tordait sur son lit. La vengeance de Dieu s'était abattue ainsi qu'une cognée sur le grabataire. Jésus n'avait pas bu le saint-pourçain. Pas une goutte. L'immonde Baboulot, emporté par son vice, avait retiré le vin de la bouche divine. La révélation qu'avait faite le naïf Quatresous de la présence d'une bouteille pleine sur la Pierre-qui-danse avait projeté un Baboulot altéré dans une nuit moins noire que ses desseins.

A présent, Baboulot éructait, souffrait, et force lui était de croire l'incroyable, et de gémir que tout cela n'était pas ordinaire. Du vin, il en avait bu des seaux. Des bouteilles, il en avait vidé des casiers. Pourquoi celle-là, précisément, l'avait-elle foudroyé? Pourquoi celle-là, si elle n'avait été sanctifiée? Jésus frustré de son rosé l'avait sans aucun doute empoisonné, dès que le savoureux liquide avait coulé à l'intérieur de Baboulot l'ignoble.

Baboulot, en sueur et en larmes, trouvait au fond de lui des accents inattendus pour clamer son remords et sa douleur. Ces imprécations avaient le ton exact des tragédies classiques. Voici ce que beuglait — à peu près — Cincinnatus-Baboulot drapé dans la toge antique de ses draps sales :

N'ai-je donc tant vécu que pour cette infamie?
V'là que j'ai attrapé comme une épidémie,
V'là que j'ai des serpents, des rats dans l'estomac,
C'est-y le tétanos, c'est-y le choléra?
J'aurais pas dû me rendre à la Pierre-qui-danse!
De boire, hélas, toujours j'eus la triste tendance,
En buvant ce flacon j'ai trompé mon ami,
J'ai volé le bon Dieu, le bon Dieu m'a puni!

(A cet instant, Baboulot, qui avait le sens de la scène, se redressait hagard sur sa couche, tendait une main crispée vers les toiles d'araignées du plafond, et braillait, plus agreste qu'Oreste et vice versa :)

Le bon Dieu! Le bon Dieu! C'était à lui, ce litre,
Il allait, ce rosé, le gober comme une huître,
Il était fou de soif, avait dit Quatresous,
Ça fait que j'en essuie le céleste courroux!
Malade comme un chien, faudrait que j'aille à Lourdes
Offrir à Jésus-Christ mon âme de palourde (s)!
C'est-y dans les poumons, c'est-y rhumatismal,
Je veux bien croire en Dieu s'il m'arrache ce mal!
Quand j'aurai, du Seigneur, vu l'aurore vermeille,
J'y jure sur la croix, j'y rendrai sa bouteille!

(Là, Toussaint, épuisé par sa tirade, retombait avec bruit sur son sommier qui longuement vibrait tel la lyre d'Orphée.)

Lorsqu'il entendit dans la cour s'arrêter la voiture du docteur Pousse alerté par les Pejoux, Baboulot, rassemblant ses dernières forces, traîna son armoire tout contre sa porte. Il exécrait tous les disciples d'Esculape, redoutait les piqûres, raillait tous les médicaments. Il chargea son vieux fusil à chien, bien décidé à vendre chèrement une peau couleur de celle de la banane.

Les pas de ses bourreaux résonnèrent dans le couloir. Pejoux tenta en vain d'entrer dans la soupente, tapa du poing dans le panneau :

— Ouvre donc, animal! C'est le docteur!

— J'en veux pas, du charlatan! Pas envie d'aller au cimetière! Il en a déjà garni deux pleines allées, ce bon à rien!

— De quoi souffrez-vous? s'enquit le docteur Pousse, impavide sous les insultes.

— Je souffre le martyre, mais foutez-moi le camp ou je vous plombe les fesses avec du numéro 6!

Le docteur dit à Pejoux :

— Il doit avoir une bonne crise de foie.

Toussaint Baboulot vociféra, hors de lui :

— Tu m'as l'air crise de foie, vermine! Va donc soigner les porcs, espèce de vétérinaire! Y peuvent pas se défendre, eux!

L'épaule de Pejoux ébranla la porte et l'armoire. Le fermier jura :

— Cré bon Dieu! je vas pas me démancher les os pour c't'outil! Quand il aura bien mal, il vous réclamera sur l'air des lampions!

— Plutôt crever! gueula Baboulot.

— Eh ben, crève donc! conclut Pejoux avec philosophie, t'auras ta statue à Bercy!

Il aida le docteur à redescendre l'escalier et, pour ne pas l'avoir dérangé pour rien, lui fit prendre la tension de la patronne.

Grégoire, de retour de l'enclos des moutons, s'étonna de la présence du médecin :

— Qui donc qu'est malade? C'est vous, madame Joffrette?

Pejoux grogna :

— Joffrette, c'est pour amuser le docteur. Le malade, c'est Baboulot qu'a le foie bouffé aux mites. Mais y veut pas qu'on l'approche pour y sauver la vie. Ça fait qu'y va périr. Je vas quand même pas appeler les pompiers! Va donc le voir, toi, Grégoire, peut-être qu'y t'écoutera.

Le fidèle Polonais hurlait à la mort sous l'œil-de-bœuf de la chambrette du patient. Il s'accrocha en pleurs au veston de Grégoire :

— Faut lui monter un litre! Y a que ça pour le guérir! Il a rien bu depuis ce matin, c'est pour ça qu'il a la fièvre!

Quatresous se débarrassa de Stanislas, alla frapper à la porte de son ami :

— Ça va pas, Toussaint? C'est moi, Grégoire.

Baboulot frissonna. S'il avouait son forfait à Quatresous, celui-ci n'hésiterait pas une seule seconde à étrangler le criminel de ses propres mains. Tout, dans l'instinct de conservation, conseillait à Toussaint de garder le silence.

— Ouvre donc, j'ai pas de seringue ni de cataplasme, moi.

— T'es tout seul, tu m'y jures?

— Oui. Ouvre, pour l'amour de Dieu.

Cette allusion à ce Dieu de rancune glaça Baboulot. Il déplaça pourtant l'armoire, et Grégoire apparut. Déjà, Baboulot s'était recouché, grelottait et râlait.

— Où que tu souffres? s'enquit avec affection Quatresous.

Même si Grégoire ne le tuait pas, Baboulot comprit qu'il n'avait pas le droit, lui, de l'assassiner en lui apprenant que son Jésus n'avait jamais trempé ses lèvres dans le Saint-Pourçain. Toussaint n'osait pas même s'imaginer le désespoir de son ami de toujours. Il hoqueta sous les coups redoublés du Christ :

— Ça me fait mal partout, le râble, les rognons, la rate et le gésier. C'est les cachets que j'ai ingurgités l'autre fois, c'est sûr. Y mettent de l'eau de Javel dedans, les pharmaciens.

Mais quelle denrée nocive avait jeté le Christ dans le vin que l'impudent Baboulot lui avait soufflé sous le nez? Quel désherbant? Quel insecticide? Toussaint supplia :

— Grégoire, toi qu'en connais autant qu'autant, fais-moi une prière sur le ventre.

— Ça te fera rien, tu crois pas en Dieu.

— Ça veut rien dire. Regarde la mère Nanane, la guérisseuse, elle te pose les mains où que tu souffres, elle fait des abracadabras entre ses dents et cinq minutes après, croyant ou pas, t'es d'aplomb comme un chemin de fer. Prends ton vélo, Grégoire, et va me la chercher.

Grégoire marmonna :

— Elle ferait bien de s'en faire à elle, des « greli grelot combien qu'j'ai d'sous dans mon sabot » sur le bide. La mère Nanane, elle est à l'hôpital de Moulins. Elle a de l'aérophagie, elle est gonflée comme un pétard.

Baboulot se lamenta :

— Alors, je suis foutu. Le bon Dieu peut plus me voir en peinture.

Il risqua un œil pour constater de quelle façon Grégoire réagissait, Grégoire à qui jamais il n'avait parlé du bon Dieu. Quatresous hocha la tête :

— Comment veux-tu qu'y puisse plus te voir, y t'a jamais vu, espèce de mécréant.

— J'ai fait ma communion! protesta Toussaint.

— En quarante ans, il a eu le temps de t'oublier. Il a autre chose à penser.

— Eh ben, moi, j'y pense! Je pense qu'à lui nuit et jour!

— Ah? Et depuis quand?

— Depuis ce matin que ça me ravage dans la carcasse. Je me dis : « Baboulot, c'est le bon Dieu qui se paie sur la bête, c'est le bon Dieu qui te punit! »

— T'aurais fait quelque chose de pas propre, Toussaint? soupçonna Grégoire.

— Rien du tout, fit vivement Baboulot, rien du tout, qui que tu vas pas chercher! Seulement des péchés, quoi, des péchés en quantité industrielle, comme tout le monde. Mais voilà, depuis ce matin, ça lui plaît pas, à Jésus. C'est les représailles. Le v'là qui fusille les otages, la carne!

— Toussaint!

— Pardon, Seigneur! s'empressa Baboulot les mains jointes.

La vue d'un Baboulot en cette posture toute de ferveur impressionna Grégoire. L'heure des fracassantes conversions annoncées la veille par Jésus venait-elle de sonner? Il convenait, pour un propagandiste de choc, d'exploiter cet avantage inespéré. En somme, cloué sur son matelas, Baboulot était plus facile à attraper et à catéchiser que des moutons rétifs à l'eau bénite. Grégoire se décida, s'agenouilla parmi les mégots éparpillés sur le carreau :

— Alors, prions, Toussaint, prions pour ta guérison. Mais te paie pas ma tirelire. Si tu pries pas de tout ton cœur, c'est comme si je pissais dans un violon.

De violentes contractions du diaphragme et de tout le « tremblement » engagèrent Baboulot à ne pas plaisanter avec la vendetta céleste.

— Je prie, Grégoire, je prie!

Il ânonna le Notre Père, copiant comme à l'école sur le texte de Quatresous. Si cela ne lui fit pas davantage de mal, cela ne lui fit pas non plus grand bien. Il soupira, capitula :

— Grégoire, y a pas de bon Dieu... ou plutôt y en a un, y en a un! Y a pas à tortiller, faut que j'aille à Lourdes.

Quatresous s'attendait à tout sauf à cette proposition.

— A Lourdes? bredouilla-t-il.

— Ben oui, quoi, à Lourdes! Maintenant, j'y sais, ce que j'ai dans la paillasse, c'est pas le foie comme y dit l'autre clown, ce que j'ai, c'est le diable. A Lourdes, y sera encore moins à l'aise que dans un bénitier, tu crois pas?

— C'est pas une clinique, Lourdes. Si t'y vas en touriste, sûr que tu reviendras avec ta maladie, peut-être même avec deux ou trois autres en plus. C'est plein de microbes et de tuberculeux, là-bas.

Sombre, Baboulot étendit le bras, cracha contre le mur, à trois mètres.

— Je reviendrai guéri, t'entends, Grégoire? Guéri!

De l'autre bras, il atteignit un litre aux trois quarts plein caché sous son lit, l'offrit à Quatre-sous :

— Allez, Grégoire, buvons à ma santé.

— Dans ton état...

— Mon état, il en risque plus grand-chose. De toute façon, c'est pas grave, vu que je vas guérir vite fait, à Lourdes. Et puis, c'est du fortifiant, le douze degrés, même les toubibs y z'y recommandent.

En ce cas particulier, il accordait quelque créance à la médecine. Du coin de son mouchoir, Grégoire essuya deux vieux pots à confiture, tout le service de table de Baboulot, et ils burent au prompt rétablissement du valétudinaire.

Lorsqu'ils eurent vidé le litre, Toussaint, en le considérant, renouvela mentalement — en prose, cette fois — sa promesse : « Fallait le savoir, aussi, Seigneur, que vous existiez. C'était pas écrit dans *La Montagne*, pas plus que dans *La Tribune*. Maintenant que j'y sais, maintenant que je suis puni, je vous la rendrai, votre bouteille, je vous la rendrai! »

Il grimaça, consumé, corrodé par ses abus de vitamines :

— Grégoire, tu viens avec moi, à Lourdes?

— Si tu veux, fit Grégoire, qui ne se sentait plus le pouvoir d'abandonner son prosélyte sur la route de la rédemption sans s'exposer aux engueulades du Christ.

— On part demain, Grégoire.

— Demain!

— Oui. On y voit bien que c'est pas toi qui te tortilles comme un vrepi [1] coupé en huit.

Quatresous réfléchit, puis déclara :

— Si t'es pas guéri demain matin, on y va. D'accord?

— D'accord, Grégoire.

Quatresous hésita encore puis, penché sur le futur pèlerin, lui confia :

— Tu sais, hier, t'as eu grand tort de rigoler avec les autres et de hurler avec les loups. Le Saint-Pourçain, sur la Pierre-qui-danse...

— Eh bien? balbutia Baboulot, anxieux.

Quatresous triompha :

— Jésus l'a bu! Cul sec! Comme un homme!

Le père Pejoux guettait la sortie de Grégoire :

— Alors, comment qu'y va, l'autre Indien?

— Matériellement, c'est pas brillant. Spirituellement, il accède à la grâce. S'il va pas mieux demain, je l'emmène à Lourdes.

— Baboulot à Lourdes! C'est pas possible! Ils vont le jeter dans le gave dès qu'y vont le voir.

— Il a beaucoup changé..., fit benoîtement Grégoire en montant sur le tracteur.

Pejoux le vit s'éloigner, ôta un instant son chapeau pour se rafraîchir la cervelle et lâcha, rêveur :

— Y va tous me les rendre chèvres.

Avant d'entrer dans l'écurie, il répéta à voix haute, pour l'agrément d'épater ses propres oreilles :

— A Lourdes! A Lourdes!

1. En bourbonnais, contraction de « vipère ».

Après la soupe du soir, Joffrette donna un bol de bouillon à Stanislas :

— Va lui porter ça, à Toussaint.

— Il aimerait mieux un canon.

— C'est ça! Un canon! Pour qu'il passe pas la nuit!

On entendait, venus de la chambre de Xavier, les rires de Marie-Fraise qui tentait d'abuser du vicomte, mais celui-ci se débattait, qui voulait se garder pur en vue de leur mariage.

Devant le miroir de la grande salle, Grégoire se coiffait avec application sous l'œil de plus en plus circulaire de son patron. En outre, l'ancien moine sentait l'eau de Cologne, « à plein du nez », affirmait Joffrette.

Le curieux Pejoux ne put résister davantage :

— Où que tu vas comme ça, Grégoire, que tu te fais si beau?

— En ville.

— En ville! Pour qui faire?

— Je vas jouer à la manille.

Il ignorait que, depuis les poupées de leur enfance jusqu'aux plaisirs d'amour, les sœurs Lagoutte se partageaient tout. Elle le lui firent clairement voir, de face et de profil, et Grégoire perplexe se demanda s'il vivrait assez vieux pour aller tout au bout du péché.

6.

Tel un enfant à la mamelle, il jouait, songeur avec un sein d'Emma.

— Tu n'as pas l'air content, remarqua la cadette des Lagoutte, alors que l'aînée entrait dans la chambre et posait sur la table de nuit le plateau du petit déjeuner.

— Tu n'aimes peut-être pas la vie de famille? demanda Adelphine. Elle était nue et, coquine, ajouta, les mains jointes :

— *In naturalibus, amen!*

Le tourment de Grégoire n'était pas d'ordre religieux, Jésus lui ayant affirmé du plus haut des cieux et de la Pierre-qui-danse qu'il se désintéressait de ces variantes de la manille.

Grégoire pensait à Muscade, sa future femme, celle qu'il présenterait un jour à Dieu en lui disant : « C'est elle », et Dieu ne lui répondrait que par un sifflement admiratif.

Quatresous lâcha le sein d'Emma :

— C'est pas bien, ce que j'ai fait. Je suis fiancé.

— Fallait la faire venir, gloussa Adelphine, quand il y en a pour deux, il y en a pour trois.

Il soupira :

— Je sais pas où qu'elle est, en ce moment. Elle navigue.

Il précisa, pour la magnifier :

— A bord du *France*. Avec un chargement d'anthracite.

Emma lui caressa les cheveux. Ils avaient repoussé depuis sa sortie de la Trappe.

— On te comprend. On y sait, que l'amour, ça empêche pas les sentiments. Pleure pas, va, elle reviendra.

— J'en suis ben sûr, heureusement, qu'elle reviendra.

— Elle t'aime?

— Ça oui.

— Elle est belle?

— Un ange! Un ange en maillot de bain!

Cette émotion déteignit sur les sensibles sœurs Lagoutte. Le sein d'Emma se souleva :

— Ça me rappelle l'équipe de football de Thionne en 1949, on peut dire qu'on l'a aimée, celle-là, pas vrai, Adelphine?

— Oh! oui, rêva l'aînée. Ils étaient si gentils, tous les onze...

— On était jeunes...

— On y croyait, alors...

Grégoire but son café, s'habilla. Il lui fallait quitter ces personnes enjouées et sociables.

— C'est pas tout ça, fit-il en les embrassant, faut que j'aille à Lourdes.

Quelque chose soufflait à ce visionnaire que Baboulot n'était pas guéri. Il ne se trompait pas. On l'entendait se plaindre de la cour des Pédouilles. Quatresous appela :

— Toussaint!

La face torturée de Baboulot s'encadra dans l'œil-de-bœuf :

— Ça va pas, mon loulou. Je suis plus qu'une guenille. Où que t'étais donc cette nuit, que t'es pas venu me voir?

— J'ai prié pour toi jusqu'à l'aube devant la Sainte-Bouteille, mentit Grégoire pour stimuler l'élan mystique tout neuf de son copain.

Baboulot eut un rictus, un haut-le-cœur, puis se pâma :

— Brave Grégoire! J'y ai ben senti que tu priais pour moi. Par moments, ça me raclait moins la couenne. Mais je suis à l'article. Si on va pas à Lourdes, tu peux me préparer l'extrême-onction, que je me présente au Seigneur la tête haute, même si c'est les pieds devant.

— On y va, on y va! Prépare-toi, et descends.

Quatresous, dans son grenier, boucla une mallette, revint dans la cour ainsi chargé, ses bidons en bandoulière. Baboulot le rejoignit, hâve, plié en deux, porteur d'une musette. Pejoux grommelait :

— Restez-y pas dix ans, à Lourdes. Y a du travail, au domaine. Quand on pense que ce guignol, avec une piqûre dans les fesses, y serait peut-être plus dru qu'un pinson...

— J'en veux point, de piqûres, râla Baboulot, ce que je veux, c'est la grâce de Dieu.

— Je t'en foutrais, moi, fit le fermier, de la grâce de Dieu! Avec une trique, oui! Allez, partez, mais pensez à la moisson.

— On fait que l'aller et retour, assura Quatresous.

Sûr que Bernadette va nous le ressusciter aussi sec.

— Elle ferait mieux de se tricoter des mitaines, rétorqua le patron. C'est bien gaspiller des miracles, des miracles que font si faute des moments! Et comment que vous partez?

— En auto.

— T'as une auto?

— Moi non. Mais y en a plein, sur la route.

Excédé par cette équipée, Pejoux s'enfonça le chapeau de paille jusqu'aux yeux et rentra dans la ferme en clamant qu'il n'était plus maître chez lui qu'après Dieu, et que si Dieu voulait commander dans le casino qu'il paie au moins les impôts de sa poche, cré bon Dieu!

Baboulot ne marchait qu'avec peine, s'arrêtant parfois pour s'arracher du corps une giclée de bile. La camionnette d'un coquetier ramassa les pèlerins et les mena à Saint-Pourçain-sur-Sioule, assis sur des cageots de volailles.

— T'y vois, s'extasia Quatresous dès qu'on les eut plantés sur le trottoir, on est dans le pays du Saint-Litre. Un jour, Saint-Pourçain, ça sera comme qui dirait le Lourdes, le Lisieux du Bourbonnais!

— Avant de filer sur Clermont, suggéra Baboulot qui entendait profiter d'une subite accalmie de son mal, on pourrait s'envoyer une bouteille sur le pouce.

Il ajouta vivement :

— En priant, bien sûr, en priant!

Grégoire n'eut pas le cœur de contrarier cette

pieuse requête. La bouteille bue, il en réclama même une seconde, expliquant à Baboulot qu'il leur fallait trinquer avec Jésus, que c'était sa tournée, en quelque sorte. Et Baboulot se dit qu'il y avait d'autres aspects que les rébarbatifs, dans la théologie.

Après avoir ainsi accompli leurs dévotions, Grégoire et Toussaint laissèrent derrière eux la cité consacrée, hélèrent en pure perte les véhicules qui cinglaient vers l'Auvergne.

— S'arrêtent pas, ces fumiers, se lamentait Baboulot repris inexplicablement par ses brûlures et ses nausées, j'aime mieux te dire qu'on n'y resterait pas longtemps, en carafe, si qu'on était deux ch'tites mignonnes en minijupe!

Ils n'avaient hélas aucune chance, même à Lourdes, de voir s'opérer cette métamorphose.

— Attends-moi là, fit brusquement Quatresous en disparaissant derrière une haie.

Quelques instants plus tard, Baboulot éberlué vit revenir son compagnon revêtu de sa tenue de moine, robe blanche et scapulaire noir.

— Ben merde, murmura Toussaint, fort impressionné car il n'avait jamais vu Quatresous autrement qu'en habits de travail, t'es beau comme un camion, Vingt Centimes!

— Tu vas voir que ça va marcher aussi bien qu'une minijupe, pour les bagnoles. C'est pour ça que j'y ai emporté dans la mallette. Mais oublie pas de m'appeler mon père.

Baboulot, respectueux, palpa l'étoffe de la robe :

— J'y savais pas qu'y t'avaient laissé partir avec tes frusques, à Sept-Fons.

Ce fut avec gêne que Grégoire répondit :

— Y me les ont gardées. Celles-là, c'est Marie-Fraise qui me les a piquées à la machine.

Il ne pouvait expliquer à Baboulot que la servante avait, en matière d'érotisme, des goûts pervers. Qu'un moine défroqué, pour elle, était bien davantage pimenté, relevé, avec un froc, fût-il de fantaisie, sur le dos.

Baboulot n'en demandait pas tant.

La première voiture que sollicita le Trappiste freina avec empressement. Un homme, une femme et un gamin de huit ans l'occupaient. Le conducteur baissa sa glace :

— Où allez-vous, mon père?

— Mon fils, je vais à Lourdes avec un malade, si vous pouviez nous rapprocher, le bon Dieu vous le rendrait.

— Mais certainement, nous allons à Aurillac, ça va vous avancer.

La femme, une belle gaillarde, souriait à Grégoire et celui-ci songea qu'il était dommage qu'elle fût accompagnée. Les pèlerins s'installèrent à l'arrière aux côtés du gosse, et la voiture, une DS, redémarra. La femme menaça son enfant de l'index :

— Cette fois, Fanfan, si tu dis des gros mots, tu iras en enfer. Dites-lui, mon père, qu'il ira en enfer.

Quatresous répugnait à se charger de pareilles commissions. Il prit un ton mielleux :

— Pauvre petit chéri. Il est bien sage. Il ira au Paradis.

— J'aime mieux aller en Amérique, lança le môme.

Baboulot, verdâtre, ne put réprimer un gémissement. Le conducteur lui jeta, par-dessus son épaule, un coup d'œil inquiet pour ses coussins. Grégoire le rassura :

— Le malheureux a un cancer. Mais la Vierge va lui enlever ça le temps de réciter un *Ave Maria*. N'est-ce-pas, mon fils?

Baboulot souffla :

— Oui, mon père.

— C'est beau, la foi, minauda la femme (qui avait décidément de la boule de pétanque dans le corsage), ça soulève les montagnes!

— Si seulement, dit son mari, ça pouvait les soulever en Auvergne, ça ferait pas de mal à la moyenne.

Il la soignait, sa moyenne, depuis qu'il avait un moine à bord. « C'est mieux qu'un saint-Christophe, ça, songeait-il, on peut biller à tous berzingues! Si on se fout la gueule en l'air avec un professionnel dans la tire, c'est vraiment qu'y a pas de bon Dieu! »

Fort de ce nouveau fétiche, il abordait les virages en catastrophe. Dieu était supposé redresser à temps.

— Tu vas trop vite, Fernand! glapit sa femme quand, à l'occasion d'une épingle à cheveux, hurlèrent les quatre pneus.

— Mais non, Alice, mais non, c'est de la gomme. Si on peut pas laisser un peu de gomme par terre, autant prendre le train, pas vrai, mon père?

Grégoire estimait qu'un moine vif — même refroqué de frais — valait plus cher qu'un pape mort. Mais il savait aussi qu'un religieux, ou présumé tel, devait, à la face du monde, envisager le trépas d'un œil plus serein que celui de l'incroyant. Il s'en tira par un sourire indulgent que démentaient en secret ses genoux s'entrechoquant sous sa robe. Baboulot, lui, dans sa hâte d'arriver à Lourdes, méprisait tout danger.

— On n'est même pas à 160, ronchonna Fernand. Je suis représentant en aliments pour le bétail, et vous, mon père?

— Moi?... Mais je suis moine...

Après avoir doublé deux camions en empiétant sans vergogne sur une ligne jaune, l'intrépide Fernand rit :

— Ça, je le vois bien, mais il y en a des tas d'espèces.

— Je suis Trappiste.

— Oh! oh! s'exclama l'autre. Trappiste! C'est la Formule I de la religion, les Trappistes!

Il dut expliquer à l'inculte Grégoire que la Formule I était le plus haut échelon de la compétition automobile, et Quatresous s'en montra flatté.

Alice narra ensuite à son hôte de marque qu'elle allait chaque dimanche à la messe, mais que Fernand négligeait quelque peu les offices.

— Pas le temps, rouspéta l'homme pressé. Dans l'aliment pour le bétail, on n'a pas une minute. Pour être pratiquant, dans la société de consommation, faut être au moins fonctionnaire.

Le jeune Fanfan dégaina soudain, planta son revolver de plastique dans les côtes de Grégoire et brailla :

— Pan! Pan! T'es mort, Bill! Papa, on va bouffer du curé à midi!

Sa mère indignée le souffleta. Le marmouset pleurnicha :

— Ben quoi! Quand je te demande ce qu'on bouffe à midi, tu me réponds toujours : « Du curé! »

— Le cher ange! fit le saint homme en pinçant avec bonhomie l'oreille du cher ange qui en porta huit jours la marque.

— Et ne gueule pas comme ça! cria sa mère en le gratifiant d'une seconde gifle.

A cause de ces curés comestibles, il en passa plusieurs, des anges, dans la DS, jusqu'à l'entrée d'Aurillac.

— Et voilà! triompha Fernand, il est une heure juste! Au revoir, mon père.

Il salua, jovial, le malade :

— Quant à vous, je vous dis pas merde, pour Lourdes, mais le cœur y est!

Les deux auto-stoppeurs débarqués, la DS fila en ville griller quelques feux rouges.

— On n'a pas eu le temps de regarder le paysage, hein! se félicita Baboulot.

— Pour une fois qu'on voyage, regretta Quatresous, on n'a rien vu depuis qu'on est partis.

— Je m'en fous bien, moi, des panoramas. J'ai faim.

— Tu vas mieux?

— Pas du tout. Mais j'ai pas le choix. Si je mange pas, je meurs. Même les bien portants, s'y cassent pas la croûte, y tournent de l'œil. Alors, tu penses, un malade!

Il avisa un restaurant qui arborait le panonceau des routiers, et entraîna Grégoire.

Les camionneurs, qui se racontaient de croustillantes histoires de bonnes sœurs, se turent, fourchette en l'air, en voyant pénétrer dans la salle un religieux.

Grégoire, avant de s'asseoir, récita avec ostentation entre ses dents un *Benedicite* qui ébahit les rudes transporteurs. Deux d'entre eux, qui prenaient le café, se le jetèrent bientôt par la figure, le premier tenant pour un fait acquis l'immortalité de l'âme, le second trépignant que « c'était de la couille », selon ses propres paroles. La serveuse tendit avec déférence le menu au moine :

— Voilà, mon père. Oui, je viens, mon petit père!

Grégoire sursauta. Mais cette familiarité ne s'adressait qu'à un jeune routier joufflu qui siégeait à une table voisine.

— Chouette, s'épanouit Baboulot, y a des escargots et de l'andouillette. Avec du beaujolais, ça va me requinquer un peu. Je suis sûr que c'est une maladie nerveuse, ce que j'ai. L'escargot et l'andouillette, c'est pas des aliments frénétiques.

Quatresous reconnut le bien-fondé de ces propos de diététique, et les fit siens. Il n'avait pas mangé au restaurant depuis plus de vingt-six ans, s'émerveillait de tout ce luxe :

— Ben, mon Toussaint, c'est rien chic, ici! On mène quasiment une vie de millionnaires!

— Ça, grogna Baboulot en s'empiffrant, la vie serait belle si j'avais pas la crève. Passe voir un peu le kilbus, Vingt Centimes.

Il lui désignait le litre de vin hors de portée de sa main.

— Mon père, souffla Grégoire.

— Quoi, ton père, fit son camarade interloqué, qu'est-ce qu'il vient faire là, ton père?

— Appelle-moi mon père.

— C'est que ça me fait tout drôle de t'appeler mon père, on est de la même classe.

— T'as pas bien l'âge non plus que je t'appelle mon fils.

Au dessert, le jeune routier s'adressa à Grégoire :

— Pardon, mon père, vous seriez pas de l'Allier?

— Si, mon fils.

— J'y ai ben reconnu à votre accent, parce que moi, je suis de Bessay.

— Je suis à l'abbaye de Sept-Fons, et j'accompagne ce fidèle à Lourdes.

— Vous êtes comment?

Grégoire, à l'aise, but un verre de rouge avant de répondre :

— On n'est pas bien mal.

Le jeune homme sourit :

— J'y vois bien. Je veux dire comment que vous êtes, à pied, en auto?

— Dans l'ensemble, on serait plutôt à pied, quand on trouve personne pour nous charger.

— Je peux vous prendre, je fais Clermont-Toulouse. C'est votre direction, Toulouse.

— Extra, mon fils, extra!

Il poussa Baboulot du coude :

— Vous entendez, mon fils, le bon Dieu est avec nous!

Le routier sourit encore :

— C'est quand même le moins qu'y puisse faire,

mon père. Je peux-t-y vous payer la goutte?

— Ça tue le ver, approuva Baboulot décomposé, c'est pas mauvais pour moi, vu que, des vers, j'en ai une trifouillée qui me gigotent dans les tripes.

Ils burent donc trois gouttes, les obligés du camionneur tenant à lui rendre sa politesse avant l'embarquement pour Toulouse. Quand ils grimpèrent dans la cabine du semi-remorque, Baboulot était fort mal en point.

— Vous n'auriez peut-être pas dû consommer ces trois alcools violents, mon fils, reprocha le moine.

— Ça m'a ben tué le ver, admit Toussaint, mais v'là les cadavres qui fermentent.

— Allongez-vous sur la couchette, conseilla le chauffeur en embrayant.

Baboulot s'allongea, Grégoire tira sur lui le rideau de l'alcôve, le laissant aux prises avec sa douzaine d'escargots.

Quatresous, euphorique, appréciait le paysage, bénissait en cachette la maladie de Baboulot, à l'origine de cette randonnée touristique.

— Admirons ensemble, mon fils, fit-il, lyrique, les splendeurs dont le Créateur a jalonné cette route!

— J'aime pas la route, avoua le routier amer. Clermont-Toulouse, 389 kilomètres. Et autant de Toulouse à Clermont, si c'est pas plus. Je ne suis plus un homme, je suis un yo-yo. C'est pas une vie d'être un yo-yo. Moi, je roule en fermant les yeux, dès que je sors de l'Allier. Regardez-moi ces pays, c'est pas des pays! Les corbeaux volent sur le dos pour pas voir la misère!

Il grommela, rancuneux :

— Des départements qu'osent même pas dire leur nom, quoi, des vacheries! Moi, j'étais né pour pas bouger, pour vivre dans la ferme de mes parents, mais ils en avaient pas...

Grégoire sortit de sa mallette un de ses bidons, l'offrit à ce routier qui détestait la route :

— Nous sommes tous sur la route, mon fils, la route qui mène à Dieu!

L'autre tint à loisir le bidon à ses lèvres, avant de le rendre à Grégoire et d'enchaîner :

— 389 kilomètres, c'est long, pour aller à Dieu! Il habite pas la porte à côté! Moi, je m'ennuie, tout seul. Alors, comme je m'ennuie, je ramasse n'importe qui pour causer. Je dis pas ça pour vous, remarquez, il est pas sale, votre pinard. Ah! mon père, c'est terrible d'avoir horreur de la solitude et des déplacements, et de faire ce métier. Vous me direz d'en faire un autre, mais lequel, j'ai pas de diplômes, moi! J'ai que mon permis poids lourds, ça sert à rien dans un bureau, un permis poids lourds!

Baboulot, en ronflant, donna de ses bonnes nouvelles à son ami. Après Figeac, le transporteur tressaillit :

— Manquait plus que ça, j'ai un motard au cul et je suis en surcharge! S'il m'amène à la pesée, je suis flambé!

— Je vas m'en occuper, moi, de votre gendarme!

Le chauffeur arrêta son camion sur un bas-côté. Le policier n'eut pas le temps d'articuler un mot. Grégoire s'était déjà penché sur lui :

— Mon fils, ne nous retardez pas. Je conduis un

malade à Lourdes. Considérez que ce véhicule est une ambulance sur laquelle la croix du Christ remplace la Croix-Rouge.

Une épingle à la main, il piqua discrètement les fesses de Baboulot, et Baboulot éveillé en sursaut se mit à hurler de douleur.

— Vous l'entendez? reprit Grégoire avec émotion. Le malheureux n'en a plus pour longtemps si la Sainte Vierge n'intercède pas en sa faveur.

Le front bas du gendarme se plissa et, rétrécissant ainsi d'un centimètre, diminua de moitié :

— Vierge ou pas Vierge, faut que je contrôle. C'est mon boulot, de contrôler. Je vous empêche pas de dire la messe, moi!

Quatresous joua le tout pour le tout et tonna, majestueux :

— Gendarme, tu n'es que poussière et tu retourneras en poussière! Es-tu marié, misérable pécheur?

Il suffisait d'un peu d'autorité, fût-elle divine, pour en imposer au policier.

— Ben oui..., bredouilla-t-il.

— En enfer, ton épouse! l'y expédia Grégoire sans autre forme de procès. As-tu des enfants?

— Ben, balbutia l'autre, j'en ai deux, Jojo qu'a deux ans, Cricri qu'en a six...

— En enfer, Jojo et Cricri! Qu'ils soient maudits! vociféra le moine. Et contrôle, maintenant, contrôle, bourreau sans cœur, ennemi de Jésus!

L'envoi de toute sa petite famille vers une destination pour le moins inconnue ennuyait le gendarme :

— En enfer, Éliane, Jojo et Cricri? Mais pourquoi? Ils ont rien fait.

— Je veux pas le savoir, proclama bien haut l'adjudant Quatresous. Mon malade aussi est innocent, et tu le fais mourir. Son cancer te retombera dessus! Te dévorera les intestins!

— Non!

— Te brûlera la vessie au fer rouge!

— Non!

— Te desséchera les parties!

— Pitié, monsieur le curé! supplia le motard en titubant sous les coups, je contrôle plus, partez, partez, mais retirez ce que vous venez de dire! Pas d'enfer et pas de cancer, s'il vous plaît!

— Alors, à genoux, pauvre mortel, à genoux, et demande pardon au Seigneur!

Trop content de s'en tirer au meilleur compte, le gendarme bouleversé s'agenouilla auprès de sa BMW. C'était la première fois qu'en arraisonnant un camion il découvrait à l'intérieur la justice céleste, surcharge inusitée. Il ôta son casque comme il l'eût fait dans une église, et, les yeux levés vers ces nuages lourds de menaces, marmotta quelques plates excuses. Grégoire l'enveloppa d'un vaste signe de croix et dit d'une voix radoucie :

— Allez en paix, mon fils. Mais n'y revenez plus. Faut pas rigoler avec Dieu, mon petit ami. Est-ce que vous rigolez avec vos supérieurs, à la gendarmerie?

Il chuchota pour le routier :

— Démarrez! Mais démarrez donc, nom de Dieu!

Le semi-remorque s'ébranla, salué militairement par le motard qui ne savait plus même sur quelle route de France il se trouvait.

Quatresous se signa, cent mètres plus loin :

— J'ai encore dit « Nom de Dieu! », ça ne va plus.

— J'y répéterai à personne, promit le chauffeur. Comment que vous l'avez assaisonné, le gendarme, chapeau! Ma parole, va falloir qu'on s'habille tous en moines, dans ce patelin, pour rouler tranquilles!

Altéré, Grégoire déboucha son bidon, s'octroya une rasade.

— Vous en voulez un coup?

— C'est pas de refus, acquiesça le jeune homme.

Il ne lui fallut qu'une ligne droite pour assécher le bidon.

— Mon père, râla Baboulot après Villefranche-de-Rouergue, j'ai la fièvre, j'ai soif.

— Je n'ai pas d'eau à vous donner, mon fils.

Baboulot récupéra quelque vigueur pour s'emporter :

— De l'eau! De l'eau pour un malade! Pourquoi pas de la pisse, Vingt Centimes, pendant que tu y es, vieille breloque?

— Il délire, confia Grégoire embarrassé au conducteur. Pour calmer Baboulot, il tira le deuxième bidon de la mallette. Baboulot but et, dans sa fièvre, eût avalé le contenu si Grégoire ne lui avait arraché le récipient des dents. Toussaint psalmodia pour endormir ses maux :

— *Les petites filles qui vont à la messe*
Se mettent des coussins sous les genoux,
Elles feraient mieux de se les mettre sous les
[*fesses...*

Quatresous lui coupa à temps la parole :

— Mon fils! Si la Vierge Marie vous entend,

inutile de vous souligner que vous ferez tintin de miracle!

Baboulot se le tint pour dit et s'absorba dans un *Ave Maria* de sa fabrication. Grégoire voulut ranger le bidon en lieu sûr, s'aperçut avec effroi qu'il était vide. Le routier, guilleret, fit un clin d'œil au moine :

— Dommage qu'on n'ait plus de picrate, hein, mon père? Ça aide, pour conduire, de boire. Moi, je bois pour oublier la route! Là, je suis heureux. Y a plus de route! On est sur une rivière, on est à travers champs!

Grégoire posa une main sur le volant pour aider l'inconscient. Aigre, il songea qu'il n'avait pas eu droit à une seule goutte de ses derniers litres.

— Il y a un cycliste sur votre droite, mon fils! cria-t-il.

— Mon vieux, si on devait faire attention aux cyclistes et aux hérissons, fit, boudeur, le camionneur, on mettrait une semaine, sur Clermont-Toulouse!

Cycliste et bicyclette plongèrent dans le fossé pour échapper au pire.

— Ils s'enlèvent toujours, commenta le chauffeur, faut pas croire qu'on les ramasse comme des champignons!

Il commençait à prendre des virages où la route, rectiligne, n'en comportait aucun. Il bâilla :

— On a passé Gaillac?

— On vient de le traverser.

— Ah! bon. Du moment que tu le dis... Voilà la nuit qui vient. Moi, la nuit, j'ai sommeil. C'est fait pour dormir, la nuit. Je m'arrête. Tous les routiers te le diront, faut s'arrêter quand on a sommeil. On n'est jamais assez prudent dans ce métier-là. Par exemple, faut pas boire. Je sais que c'est dur, mais y faut pas. Jamais. Moi, je m'arrête.

Le semi-remorque s'immobilisa à cheval sur le sommet d'une côte.

— On peut pas rester là! hurla Grégoire.

— Et pourquoi pas? On va pas s'envoler.

Le jeune homme s'installait commodément, la tête dans les bras, les bras sur le volant. Quatresous le secoua :

— Je vous dis qu'on peut pas rester là! On va attraper un coup d'auto!

— Tu m'embêtes, gémit le transporteur. Si t'es pas content, t'as qu'à conduire!

— Mais je n'ai jamais conduit que des tracteurs!

— Parfait, ma grosse, ça se conduit comme un tracteur!

Il céda sa place à Grégoire, s'affala sur la banquette.

— Faut au moins que je l'enlève de là, ce camion, bégaya Quatresous, sans ça c'est l'accident!

Il enclencha la marche arrière, ce qui lui fournit de précieuses indications quant à la marche avant.

Le semi-remorque s'ébranla, non sans rugir ni tressauter, se mit à rouler au pas. Grégoire fit ainsi trois kilomètres avant de trouver un endroit pour se garer. Quand il l'eut trouvé, il lut sur une borne : « Toulouse 40 kilomètres » et, comme cela ne se passait pas trop mal, il ne se gara pas, poursuivit son chemin à faible allure, secouru par Jésus qui guidait sa main sur le levier de changement de vitesses.

— Qui que tu fais? questionna plus tard Baboulot.

— Je conduis. Le petit gars est soûl. Il a sifflé tout le bidon.

— Si c'est pas une honte de se mettre dans des états pareils! sacra Baboulot hors de lui.

Il y eut, ce soir-là, des disputes dans les restaurants de routiers. Des chauffeurs prétendaient avoir vu un moine au volant du camion rouge des Rapides Auvergne-Gascogne.

— Un moine! Et ta sœur, elle était pas avec?

— Un moine, je te dis. Causes-en à Popaul, il l'a vu comme moi!

— Oh! Popaul, après deux Pernod, y voit des moines sur les fils télégraphiques! C'est son délirium, à lui!

— Répète-le un peu, qu'on n'a pas vu de moine!

Il y eut, ce soir-là, des horions d'échangés, dans les restaurants de routiers.

A l'entrée de Toulouse, Grégoire stoppa le camion. Secondé par Baboulot, il étendit le transporteur sur sa couchette. Puis, l'abandonnant à ses rêves de sédentaire, ils errèrent dans les faubourgs. Ils rencontrèrent un prêtre auquel Quatresous demanda l'adresse d'un hôtel bon marché et néanmoins correct. Le prêtre, touché par ces deux pauvres pèlerins, les entraîna dans le séminaire où il professait. On leur offrit le couvert et le gîte.

— Et ça nous coûte pas un radis! jubila Baboulot en se mettant au lit, tout ça parce qu'y te croient encore de la famille. T'as beau dire, Grégoire, mais, à condition de sortir, c'est une belle vie, la vie de moine. T'aurais jamais dû la quitter!

Il ne déchanta qu'au matin lorsqu'en guise de paiement ils assistèrent à la messe, et qu'il lui fallut communier pour la première fois depuis son enfance.

Dans la rue, il fit part de ses craintes à son copain :

— Quand même, Grégoire, j'aurais peut-être pas dû communier sans me confesser avant. T'y sais bien, toi, que je suis plus noir de péchés qu'un ramoneur.

— Tes péchés, c'en est pas. Tu ne mérites pas d'aller au diable, c'est Jésus qui me l'a dit sur la Pierre-qui-danse.

— Ah! bon, murmura Baboulot stupéfait d'apprendre que Jésus parlait de lui comme s'ils avaient bu chopine ensemble aux *Bons Laboureurs*.

L'hostie lui décapait la peau de l'estomac et des environs, mais il n'osa s'en plaindre à Grégoire. Ils se postèrent sur la route de Tarbes.

Une vieille 4 CV s'arrêta dès qu'ils lui firent signe. Deux dames en noir d'une soixantaine d'années l'occupaient.

— Montez, mon père, et vous aussi, monsieur, les invita la conductrice, nous allons à Saint-Gaudens.

Ils se casèrent non sans mal à l'arrière, entre divers instruments de musique. Les plumes hirsutes des deux chapeaux violets de ces dames oscillaient sous leur nez ainsi que des essuie-glaces. La 4 CV fonça vers les Pyrénées à cinquante kilomètres-heure.

Bavarde, la sexagénaire qui tenait le volant se retournait fréquemment vers Quatresous :

— Nous sommes très honorées, mon père, ma cousine et moi, de rendre service à un Trappiste.

Quand je pense que vous serez inhumé tel que vous êtes, à même la terre, le capuchon rabattu sur le visage, quelle grandeur, n'est-ce pas, Gudule? Quel camouflet au monde rationaliste abîmé dans les frivolités!

La mort de Grégoire les captivait davantage qu'elle ne réjouissait l'intéressé. Les voyageurs apprirent, plus vite que ne roulait la 4 CV, que leur pilote se nommait Marie Guidon et que les deux cousines, spécialistes de musique religieuse, étaient, à l'harmonium et au violon, la fine fleur des festivités de patronages et de salles paroissiales.

— En outre, mon père, dans la région, personne ne se baptise, ne se marie, ne s'enterre à l'église sans le secours de nos flots d'harmonie. Par défi aux athées ricanants, aux lecteurs du *Canard enchaîné*, nous avons même pensé intituler notre modeste orchestre *The Vestry's Bugs*, les Punaises de Sacristie. C'était drôle, n'est-ce pas, provocateur, outrecuidant, et vous avait une piquante touche de modernisme sacré, de catholicisme de choc! *The Vestry's Bugs*, ah! ah!

Elle eut une moue d'enfant boudeuse :

— L'évêque nous l'a déconseillé. Saint homme, certes, mais vieux jeu. Nous qui voulions dépoussiérer la maison de Dieu, y faire passer un courant d'air « pop » et vivifiant, avons dû nous incliner, et c'est sous le nom inoffensif et ô combien plus prosaïque de « Marie Guidon et sa petite Formation » que nous exerçons nos humbles talents.

Les deux artistes soupirèrent à l'unisson. Baboulot en profita pour lancer une longue plainte.

— Vous souffrez, mon fils? questionna Quatresous.

— Sûr que j'en bave, mon père.

Toussaint, timide, émit malgré tout son hypothèse :

— Ça serait-y pas, des fois, l'hostie qu'on s'est envoyée ce matin à jeun?

— Mais non, mon fils, qu'allez-vous chercher là!

— Ce que je vas chercher, piaula Baboulot en s'énervant, ce que je vas chercher! Tu me fais rigoler, Vingt Centimes! J'y vois bien, moi, que c'est ta putain d'hostie qui m'a tout délabré les boyaux!

Marie Guidon poussa un « Oh! » indigné auquel fit écho le second élément de sa petite formation.

— Excusez-le, mes filles, bredouilla Grégoire, c'est un grand malade.

Il souffla à l'oreille de son voisin :

— Tu vas la boucler, abruti!

Baboulot piailla de plus belle :

— Abruti toi-même, andouille! J'en chie comme un Russe, cré bon Dieu!

Marie Guidon sursauta derechef et la 4 CV faillit s'enfiler sous un camion-citerne. Elle grimpa presque sur un trottoir quand Grégoire en courroux gifla son compagnon :

— Je vas t'apprendre à blasphémer, moi, bougre de musulman, alors que tu vas à Lourdes te faire enlever le choléra que t'as dans la paillasse! T'as dû y attraper avec la mère Françoise!

Baboulot indigné faucha d'un revers de main les chapeaux des musiciennes, Grégoire s'étant baissé opportunément.

— Arrêtez, Marie, hurlait Gudule épouvantée, arrêtez, ils vont nous tuer!

Les deux hommes, à l'arrière, s'empoignaient, et l'harmonium bourré de coups de poing sanglotait sous sa housse.

— La mère Françoise! Tu serais bien content de la chausser comme dans le temps, vermine! braillait Baboulot en aveuglant Grégoire sous son capuchon.

Quatresous, perdant tout contrôle, tirait les cheveux de son adversaire :

— J'ai mieux que ça à me mettre sous la braguette, vieux saligaud! Vieux pantin!

La 4 CV s'immobilisa enfin en rase campagne, et les vieilles dames très dignes appelèrent au secours à tue-tête.

— Vos gueules, mes filles, clama Grégoire en ouvrant la portière, vos gueules, pour l'amour du ciel!

Il jeta pêle-mêle Baboulot, la musette et la mallette dans le fossé, descendit à son tour en s'excusant :

— Et merci, mes filles, merci! Au plaisir de vous revoir!

Mais les ex-*Vestry's Bugs*, désemparées, étaient déjà loin, frisant les soixante-dix à l'heure, emportant leur vertu aux antipodes de cette petite formation de pèlerins forcenés.

— On a dû leur faire peur, mon vieux Grégoire, supposa Baboulot, qui se calmait à l'air libre.

Quatresous voulut de même détendre l'atmosphère :

— Mon vieux Toussaint, si on peut plus discuter tranquillement en voiture, autant aller à pied.

Ils se mirent à marcher en devisant sans haine.

Cet épanchement de bile avait assourdi les douleurs de Baboulot :

— On aurait du pinard, ça arriverait pas, mon Grégoire, ces ch'tites taquineries. Quand on souffre du manque, on sait plus ce qu'on dit.

— T'as raison, mon Toussaint. V'là un bistrot, on va boire un canus et porter les bidons au mâle.

Après un casse-croûte arrosé sans mesquinerie, ils reprirent place sur le bas-côté de la route, Baboulot portant les bidons pleins, ustensiles préjudiciables à l'honneur d'une robe de moine.

Un fourgon des Pompes funèbres déposa Grégoire et Toussaint à Tarbes.

Ils firent leur entrée à Lourdes à bord d'une voiture de pompiers en pèlerinage.

Ils retinrent une chambre modeste à l'Hôtel de Bernadette, du Saint-Esprit et du Sacré-Cœur réunis et, après le déjeuner, se rendirent à la grotte.

Devant le lieu saint des apparitions, toute une cour des miracles espérait un miracle. Ce n'était partout que béquilles et chaises roulantes, moribonds, squelettes, goitreux, goutteux, hydropiques, le tout suspendu aux jupons de la Vierge qui ne savait plus où donner de la baguette magique.

— A genoux, commanda Quatresous à Baboulot. A genoux, t'es déjà assez en retard comme ça, vis-à-vis de types qui ont des trente et cinquante ans de prière dans leur dos.

A genoux, donc, Baboulot perdit le moral. « Y a trop de concurrence, déplorait-il. Jamais la Vierge me verra, dans le paquet. Même si je lui mets un cierge, comment qu'elle s'apercevra que c'est le mien, vu qu'elle en a déjà une quantité industrielle? J'ai venu pour rien, quoi, pour rien. Grégoire a pas tort, les autres, y sont trop forts pour moi, que je suis qu'un débutant. »

Il essaya de se faire remarquer en bramant un ton plus haut que les autres « Sainte Vierge, ayez pitié de nous! » mais cet excès de zèle ne fut pas récompensé, n'atténua en rien ses maux. Tous les instruments orthopédiques accrochés aux parois de la grotte atténuaient pourtant sa déconvenue. Il y avait là-dessous d'indiscutables critères de rentabilité.

— Prie, chuchotait Grégoire agenouillé à ses côtés, prie, ou tu l'as dans l'os.

— Je fais que ça! ripostait Baboulot. Mais j'en entends qui prient même en latin, qu'est-ce que tu veux que je fasse contre ça!

Des scouts traînaient civière sur civière, accumulant des B.A. pour l'année. Des stropiats s'accrochaient à la robe de Grégoire, le suppliant d'intercéder en leur faveur. Un Trappiste, selon eux, ne pouvait siéger ailleurs qu'aux fauteuils d'orchestre, au théâtre de Dieu.

— Fais pas ça, grognait Toussaint. Qui c'est, ton copain, c'est eux ou c'est moi?

Après une heure de ce manège, Baboulot, distrait, ne priait plus que du bout des lèvres, regardait le gave à la dérobée. Belle rivière, et qui devait baigner de belles pâtures.

Quatresous se posait des questions. Il était au mieux avec Jésus, mais c'était sa mère, ici, qui était la vedette. « Vous m'avez dit, Seigneur, marmottait-il, de convertir Toussaint. J'ai réussi à l'amener ici, mais si votre maman fait pas un geste pour lui, sûr qu'il rentrera aux Pédouilles pas content du tout!... »

On se racontait, derrière eux, le dernier miracle en date. Un cul-de-jatte avait perdu une roue de son chariot. Comme il ne pouvait plus se propulser sans culbuter, on l'avait apporté à Lourdes afin qu'il y récupérât au moins ses jambes. On l'avait plongé dans la piscine, où il avait coulé et s'était noyé, ne voulant pas lâcher ses fers à repasser. Lorsqu'on l'avait repêché, Dieu merci! son chariot avait quatre roues et quatre pneus neufs, les médecins en avaient témoigné formellement.

Baboulot finit par lever l'ancre. « Ça va comme ça pour aujourd'hui, Grégoire. Y me dépriment, moi, tous ces vieux gars. On peut pas dire qu'y pètent de santé. On reviendra demain, allons voir les camelots. »

Ils se promenèrent dans des rues où les magasins d'articles de piété étaient plus nombreux que les bistrots. Baboulot acheta trois francs une Vierge de plâtre, pesta quand il vit la même, dans la rue voisine, soldée à un franc cinquante. Et Grégoire fut heureux de constater que les marchands ne sévissaient plus à l'intérieur du temple, mais sur la voie publique.

Le soir, au coucher, Grégoire dit à Toussaint qui se roulait en boule sur son lit :

— Si t'avais bu de l'eau, à la grotte, peut-être que ça t'aurait fait du bien.

— T'en as pas bu, toi, Vingt Centimes!

— Je suis pas malade, moi. T'aurais peut-être intérêt à t'en enfiler un plein seau dans le cornet.

Cette perspective glaça Baboulot :

— Un plein seau!

— J'en boirai un verre avec toi, concéda Grégoire, prêt à tous les sacrifices pour sauver l'âme et le corps de son ami.

Dès l'aube, Baboulot tira Quatresous du lit. Grégoire protesta :

— Mais t'es pire que fou, Toussaint! Il est six heures!

— Tu vas pas me raconter que la Vierge est pas levée, des fois! Je veux y aller de bon matin, peut-être qu'elle se dira : « Tiens, v'là Baboulot! » s'il y a pas une pleine main de monde comme à la foire aux dindes de Jaligny. Qui que tu veux, y a pas, des pèlerins, faut que ça pèlerine!

De fait, l'assistance était plus réduite que la veille, et Baboulot put se mettre en valeur, au premier rang, et faire à la statue de la Vierge des grâces d'éléphant. « J'y comprends bien, la priait-il, que de rafistoler des jambes de bois, ça se fait pas en soufflant dessus, mais moi, Bonne Mère, mais moi, ça se tient vers le nombril. Vous en avez pour une seconde à tout y redresser, là-dedans, si vous avez la gentillesse de vous y mettre! »

Il fit du coude à Grégoire :

— C'est le moment ou jamais de boire de la flotte, puisqu'y faut en boire. Comment qu'on la prend au robinet, cette denrée?

— Avec le bidon.

— C'est qu'il est pas vide, sursauta Baboulot.

On va pas y jeter, et on va pas coller de l'eau dans de la marchandise qu'on n'en a jamais assez quand on en a besoin! Le pinard, faut se le gouler, sans ça, ça va nous porter malheur, sans causer que ça serait un péché mortel que d'y balancer!

Grégoire l'entraîna sur la berge du gave, loin des regards de l'Immaculée Conception. Il soupira. Son miracle à lui n'aurait pas lieu à Lourdes. Le tirant d'eau de *La Belle-de-Suresnes* ne lui permettrait jamais d'emprunter le gave.

Dans sa hâte de retourner à la grotte, Baboulot but davantage de vin que son trop sentimental compagnon. Il emplit ensuite le bidon d'eau merveilleuse, s'en ingurgita un litre sans respirer, héroïque, puis mêla sa voix aux cantiques qu'on entonnait autour de lui. « Quand même, songeait-il, y voudraient rigoler, la mère Couzenot et le père Pejoux, s'y me voyaient là. On voit bien qu'ils ont pas des écrevisses dans le pancréas, eux. »

Il réprima quelques hoquets, confia à Quatresous :

— Elle a un sale goût, c't'eau bénite. Me v'là tout ballonné. Tu crois que ça serait un péché, d'y ajouter un peu de Pernod?

— Sans doute. C'est pas Jésus, la Vierge. Elle doit boire que de la fleur d'oranger, elle, c'est une femme.

A onze heures, Baboulot crispé sonna la retraite. Grégoire dut le soutenir sur le chemin de l'hôtel.

— Ça me fait plus mal qu'avant de venir, grognait Baboulot. Faut que j'aille m'étendre. J'aurai pas dû boire un plein ventre de flotte. T'es-t-y sûr que ta Bernadette, elle était pas un peu comme la bonne du domaine de Grasses-Vaches, qu'est tellement myope qu'elle trait les pieds du tabouret?

Quatresous lui fit de sévères remontrances :

— Ne sois pas sacrilège, Toussaint. Tu avais foi en ta guérison, conserve cette foi mordicus.

— Je crois, je crois! s'empressa Baboulot. Mais t'as vu les autres, devant la grotte! Ils *croivent* à en tomber enragés des quatre pattes, ils chantent des bondieuseries comme s'il en pleuvait, et ça les empêche pas de garder leurs infirmités et leurs saloperies de tumeurs!

— Écoute-moi, Toussaint. Tu vas monter dans la chambre, et prier, je me charge du reste.

— Qui que tu vas faire, toi?

— Prier.

Ce programme ne parut pas des plus expéditifs, ni des plus efficaces, à l'impatient Baboulot qui s'en alla néanmoins se prosterner sur la descente de lit, tantôt les mains jointes, tantôt plaquées sur un foie volumineux.

Quatresous se promena dans Lourdes, pensif, la courroie du bidon à l'épaule, ce qui lui donnait l'air, en somme, d'un aumônier militaire. Il lui fallait tenir, après celui de Jésus, le rôle de la Vierge. C'était là empiéter sur les attributions de Notre Dame, mais qui ne l'absoudrait, Là-Haut, puisqu'il s'agissait de repêcher l'âme de Baboulot, âme à laquelle le Christ attachait du prix, ce qui prouvait par neuf que les desseins de Dieu étaient effectivement impénétrables? Le miracle, de gré ou de force, devait avoir lieu.

Quatresous entra dans une pharmacie. Pejoux

avait parlé de crise de foie ce qui, de prime abord, et même du second, n'apparaissait pas invraisemblable à propos de Toussaint. Grégoire acheta une bouteille d' « Hépatoum » et, dans un couloir, la transvasa discrètement dans le bidon.

« On braconne, ou on braconne pas », se dit-il en reprenant le chemin de l'Hôtel de Bernadette, du Saint-Esprit et du Sacré-Cœur réunis.

Il trouva Baboulot assis sur la table de nuit et soutenant que c'était sur ce perchoir que ses souffrances étaient le moins vives, ce qui établissait en clair que le malheureux battait la campagne. Grégoire lui tendit le bidon :

— Tiens, bois ça.

— Qu'est-ce que c'est?

— De l'eau de Lourdes, pas de l'eau de Cologne.

— Ah! non, Grégoire. Ça va me faire vomir. Tu vas me changer en étang, avec ta flotte du diable!

Il se reprit :

— Oh! pardon, Marie!

Grégoire insista :

— Bois-y! Pour que ça soye moins mauvais, j'y ai mis un peu de goutte du pays, de l'Izarra qu'ils y appellent.

C'était déjà plus tentant et Baboulot, débouchant le bidon, le renifla :

— T'es sûr que c'est pas du médicament? fit-il, méfiant.

Quatresous haussa les épaules :

— Du médicament! Ça peut rien te faire, les médicaments, dans ton cas, comme si j'y savais pas. Non, quoi, ça sent l'Izarra, rien d'autre!

— L'Izarra, d'après toi, c'est moins un péché que le Pernod?

— Parfaitement. Bernadette en buvait le dimanche, assura Grégoire à tout hasard.

Baboulot goûta l' « Hépatoum ».

— Ah! apprécia-t-il, c'est moins fadasse! C'est déjà plus vivable. T'aurais peut-être dû mettre un peu plus de goutte, mais ça se boit.

— Bois-y tout.

— Tout?

— Parfaitement, et tâche d'y croire et d'aimer Dieu comme s'il était du beaujolais, si tu veux être sauvé!

Baboulot vida le bidon d' « Hépatoum ». Quatresous s'adressa au crucifix qui ornait la chambre :

— Jésus! Christ miséricordieux, dites à Toussaint : « Lève-toi et marche! »

En contradiction avec sa supplique, il recommanda à Baboulot de s'allonger sur le lit et d'attendre, sans cesser de prier à tour de bras.

— Je te laisse, Toussaint. Il faut que tu sois dans le noir et dans la solitude. Tout va s'illuminer en toi, et le miracle va se réaliser!

— T'y penses? fit Baboulot ébranlé par la foi de son ami.

— J'en suis sûr.

Quatresous s'en alla déjeuner de bon appétit puis, estimant qu'il avait tout son temps, assista au match de rugby Lourdes-Mont-de-Marsan. Il écrivit ensuite deux cartes postales pieuses à l'intention de Dom Chrysostome et de Frère Hiéronimus, pour leur montrer qu'il n'était pas à Las Vegas en pleine foiridon, mais restait dans la course au ciel. Il n'avait pas rédigé de courrier depuis trente ans au moins, et cet exercice l'occupa une heure.

Après quoi, il revint aux nouvelles, à l'hôtel. Baboulot n'était plus dans la chambre. S'il y avait eu miracle, Grégoire savait où trouver le miraculé.

Il se rendit d'un pas vif à la grotte. Il y vit, de loin, un Baboulot gaillard, un Baboulot débarrassé de son teint de citron, en larmes et à genoux. Mêlé aux autres pèlerins, il chantait avec eux le *Salve Regina*.

Entre chaque couplet, il remerciait la Vierge d'une voix forte qui fouaillait toutes les espérances :

— Elle m'a guéri! J'avais un cancer, elle vient de me l'enlever comme avec un tire-bouchon! Gloire à la Vierge! Elle m'a guéri!

Les spectateurs commençaient à entourer Baboulot, avides de voir et de toucher un favori de la mère de Dieu.

— Je l'ai vu jeter ses béquilles en l'air! soutenait une dame.

— J'ai vu comme une boule de feu sur son dos, affirmait un monsieur, et sa bosse s'est volatilisée!

— Elle m'a guéri! tonitruait Baboulot en transes, elle m'a guéri! Vive la Vierge!

Quatresous ne s'approcha pas davantage du groupe en effervescence. Il loua le Seigneur et murmura : « Et d'un! »

7.

Ainsi que la plupart des prosélytes, Baboulot devint insupportable et plus royaliste que le roi. Dès qu'il fut de retour aux Pédouilles, il entreprit d'évangéliser les masses, fort de son état, de son éclat tout neuf de miraculé.

Il voulut même en remontrer au curé Pantoufle, le soupçonnant de ne pas mener une vie chrétienne exemplaire, et force fut au pauvre prêtre de le flanquer à la porte du presbytère, excédé par d'injustes remontrances qui le faisaient sortir de sa soutane à reculons. Quant à Stanislas, il perdit à jamais le peu de bon sens qui lui restait, Baboulot l'abasourdissant de leçons de catéchisme de sa façon :

— T'y comprends bien que même les Polonais, c'est des créatures de Dieu, faut que tu t'y mettes dans le caillou. C'est pas parce qu'on est polonais qu'on doit vivre comme une bête. Bien sûr que c'est une tare, comme la fièvre aphteuse ou la myxomatose, mais Dieu t'y pardonnera si t'y demandes poliment.

Il s'extasiait ensuite :

— Ah! t'aurais vu ça, à Lourdes, des cierges partout! Elle a pas amusé le terrain, la Vierge, je t'y dis! J'avais pas fini de boire ma flotte que mon cancer il a pas fait ni une ni deux! Balayé, nettoyé! Des fois, quand je sens qu'il voudrait encore bouger, hop! une gorgée d'eau, vu que Grégoire en a ramené deux bidons, et tout va bien!

Pejoux furieux eut toutes les peines du monde à interdire à Stanislas de se précipiter à Lourdes pour y confier à la Vierge les cors qui le gênaient quand il chaussait ses deux sabots.

Le fermier maussade s'en ouvrit à Grégoire :

— D'accord, Quatresous, y a rien à redire, au contraire, pour le tracteur, mais question mentalité ça se dégrade. Tu me les rends tous bredins les uns après les autres. Ça prie dans tous les coins du domaine, à présent, au lieu de travailler. On passe son temps à culbuter dans un Baboulot ou un Polonais à genoux. Et ça empêche personne de se soûler, y racontent tous qu'y faut trinquer avec Jésus. A ce train-là, il ne doit pas dessoûler non plus, celui-là!

Grégoire se signa, froissé :

— Croyez-moi, Pejoux, le Seigneur tient bien la chopine. Et ne vous plaignez pas si la grâce divine a choisi votre toit pour y tomber comme la foudre.

Amer, Pejoux songea qu'il aurait dû doubler le nombre de ses paratonnerres.

Hilaire, lui, épouvanté par ce qu'il appelait la marée noire des corbeaux, multipliait les actes d'impiété. Dérobant, la nuit, le linge qui séchait sur les fils, il l'étendait sur un calvaire, et c'était un spectacle odieux que celui des chemises et des caleçons étalés sans pudeur sur la croix. Il enduisit celles du cimetière de peinture phosphorescente, et les Chavrochois, à la vue de ces croix lumineuses, crurent que le diable avait élu domicile dans la nécropole de la commune. Entre autres tours abominables, il remplaça la chaîne des W.C. par un chapelet.

Pejoux, un matin, dénicha Hilaire ligoté sur le tas de fumier, à demi enfoui.

— Qui donc que t'a fourré là, toi? s'étonna le patron.

Le païen libéré rugit :

— Un coup des calotins! Pas eu le temps de les reconnaître! C'est la guerre!

Et Pilate alla se laver, non seulement les mains, mais tout le reste à la pompe.

Au déjeuner, Baboulot se leva aussitôt après le dessert en maugréant, hagard :

— Ça peut pas faire, ça peut pas faire...

— Qu'est-ce qui peut pas faire? questionna Pejoux.

— Y a que ça peut pas faire, expliqua Baboulot en sortant et en sautant sur sa bicyclette.

— C'est déjà de la misère, fit Joffrette en un soupir pendant que Stanislas et Quatresous marmonnaient la prière après le repas, un œil sur Hilaire, prêts à le coiffer du plat de fromage à la crème au premier ricanement.

Joffrette considérait avec accablement Grégoire, ce cheval de Troie introduit aux Pédouilles. L'image qu'avait de Dieu Mme Pejoux était une de ces sages images de communion qu'on glisse et qu'on oublie dans un missel. Elle ne correspondait pas à celle du Dieu convulsif, bruyant et souvent aviné qu'adoraient ses commis.

Après leur journée de travail, Grégoire et Stanislas, passant devant les *Bons Laboureurs* y entrèrent pour se désaltérer. Baboulot, sombre, y était déjà, assis face à deux litres vides qu'il fixait d'un œil haineux.

— Ça n'a pas l'air d'aller, Toussaint? demanda Quatresous.

Le poing de Baboulot s'abattit sur la table, et les litres roulèrent sur la toile cirée :

— Que non, que ça va pas! Vingt kilomètres aller, vingt kilomètres retour, tout ça pour rien! Tu sais pas d'où que je réchappe comme ça, Grégoire? De Sept-Fons!

— De Sept-Fons! Pourquoi que t'as été là-bas?

Toussaint pleurnicha :

— Je voulais m'embaucher.

— Comme moine?

— Oui, comme moine! J'en ai assez de la vie bassement matérielle qu'on mène aux Pédouilles. Y a pas assez de spiritualité pour moi dans cette ferme. On fait saigner Jésus dans un bol à chaque repas, chez les Pejoux!

— Et qu'est-ce qu'ils t'ont dit, à Sept-Fons?

— Y m'ont viré, sanglota Baboulot.

— Viré!

— Oui, viré. Moi qu'arrivais en soldat du Christ, y m'ont foutu dehors. J'ai vu l'abbé...

— Dom Chrysostome?

— Un nom comme ça. Il a commencé par me dire que je sentais le vin. Comme si je pouvais sentir le diabolo-menthe, hein? Bref, pas aimable. « Je veux entrer à la Trappe », que j'y dis. Y me répond, comme si c'était une réponse : « Pour qui faire? — Pardi, pour être Trappiste, que je rigole, moi, pas pour être bonne sœur! » Pas plaisant, ton Chrysostome. Alors que je venais de me taper des kilomètres en quantité industrielle, que j'avais comme de l'ouate dans la bouche tellement que j'avais soif, tu crois qu'y m'aurait payé un canus, c't'ours? Deux fois et une petite! Pas un verre d'eau! J'ai dit que j'étais un copain à toi, ça l'a pas tellement épaté. J'ai dit aussi que la Vierge m'avait enlevé mon cancer, à Lourdes, il a pas eu l'air d'y croire du tout, malgré les milliers de témoins. Y doit même pas croire en Dieu, c't'animal! Ça se passait dans la cour, tout ça, y m'a même pas fait entrer. Y m'a dit : « Vous savez qu'un moine, ici, ne boit qu'un litre de vin par semaine, et encore! Ça ne vous donne pas à réfléchir? » J'y ai dit que si, vu que j'en dégringolais sept ou huit par jour, mais qu'on trouverait bien le moyen de s'arranger. « Ça m'étonnerait », qu'il a fait. Puis, pour me liquider, il m'a dit : « Mon fils, votre vocation ne me paraît pas très solide. Venez donc m'en parler tous les mois pendant deux ou trois ans, nous verrons après. » Là-dessus, il m'a planté là avec mon vélo. J'y ai gueulé : « Vous y regretterez! Un moine comme moi, vous en retrouverez jamais un pareil, jamais! » Tu me croiras si tu veux, eh bien! ça, ça l'a fait se gondoler! Y doit pas avoir toute sa tête, c't'ou-til!

Il sécha ses larmes, s'approcha du litre que la mère Couzenot venait de leur apporter.

— Pourquoi que tu m'en avais pas parlé? fit

Grégoire. Je t'y aurais dit, moi, qu'on n'entrait pas à la Trappe comme au Familistère.

— Je voulais te faire la surprise! répliqua Baboulot radieux. Tu m'aurais vu en moine, t'en serais tombé sur les fesses. Et moi je t'aurais dit : « Relevez-vous, mon fils. » C'est ça qu'aurait été chouette!...

Il bégaya, repris par le chagrin :

— Je serai jamais religieux. J'y aurai bien aimé. Une fois installé, j'aurai fait rentrer Stanislas. Ça lui aurait bien plu, d'être moine, à c'te charogne. Ça l'aurait changé d'être polonais.

Échauffé par cette idée nouvelle, Stanislas se frappa de douleur la poitrine en rugissant :

— Moi, moine! Moi, moine!

Comme on ne s'entendait plus, Baboulot lui donna, machinalement, une gifle qui expédia la casquette du Polonais derrière le comptoir :

— C'est pas du boulot, Grégoire. L'Église catholique est contre nous. Le curé Pantoufle célèbre des messes noires sur le ventre nu de sa bonne qu'a ben quatre-vingts ans, et à Sept-Fons on chasse un chrétien comme moi à coups de fusil! C'est pas normal que nous deux, toi qu'as vu le Christ et moi que la Vierge a mieux soigné que la mère Nanane, c'est pas normal qu'on soye traité comme des phylloxéras!

Quatresous admit en un soupir :

— L'Église a souvent persécuté son avant-garde. Bernadette, tiens, y z'y ont pas sauté au cou comme une médaille, d'avoir inventé Lourdes. Y z'y ont fait des misères, comme y m'en feraient des vertes et des pas mûres d'avoir vu Jésus sur la Pierre-qui-danse! Y z'attendent que je casse ma pipe pour venir la bénir, la Pierre-qui-danse, à grands coups d'évêques!

Baboulot pensa avec effroi qu'il n'avait pas encore rendu sa bouteille à Jésus. Il l'avait achetée, une fois, cette bouteille de Saint-Pourçain, mais n'avait pas eu le loisir de la porter jusqu'au pré, la soif l'ayant agressé en chemin. Cette agression pouvait se renouveler à l'infini, car sa chair était faible...

Il sollicita le concours de Quatresous :

— Ce soir, Grégoire, accompagne-moi-z-y, à la Pierre-qui-danse. Faut que j'aille offrir un litre à Jésus, rapport à ma guérison miraculeuse. Ça lui fera davantage plaisir qu'un cierge. Comme je sais pas quoi donner à sa mère en cadeau, ça fera pour les deux, tu crois pas?

— Sûrement. T'as raison, on ira. J'apporterai mon litre aussi, en ex-voto. Avec ce soleil, il doit avoir la pépie, Notre-Seigneur. Y doit nous attendre tous les jours, et se dire qu'on n'est pas chics!

Ils burent quelques tournées de Pernod, qui n'atténuèrent pas leurs remords.

— On y passera la nuit s'il le faut, jura Toussaint, mais faut qu'on le voie!

— On amènera un barriquaut, insista Grégoire, pour trinquer.

La mère Couzenot, pourtant aguerrie, tressaillit :

— Un barriquaut!

— Quinze litres à deux, remarqua Baboulot, y a rien d'extraordinaire. C'est long, une nuit. Quand j'ai veillé défunte ma pauvre mère, avec mon pauvre père on en a bousculé un, de barriquaut, tellement qu'on avait de la peine.

Le principe du barriquaut retenu, le barriquaut lui-même remonté de la cave sur les épaules de Baboulot, le mystique personnel des Pédouilles prit congé.

— On le prendra à la nuit, mère Couzenot, déclara Quatresous.

Il expliqua en chemin à Stanislas que sa triste condition de Polonais lui interdisait de les accompagner, après la soupe, à la Pierre-qui-danse.

— T'y ferais tout rater, démontra Grégoire. Jésus, il est jamais apparu à un Polonais.

— C'est pas qu'il a peur d'être bouffé, appuya Toussaint, mais faut qu'y tienne son rang, comme le président de la République.

En fait, le souci de Baboulot rejoignait celui de Quatresous : Stanislas était capable, et de vider le tonnelet à lui seul, et de racler le bois avec ses dents jusqu'à la dernière goutte.

Aux Pédouilles, un télégramme était arrivé. Les parents de Xavier des Haudriettes venaient, en voiture, de s'enrouler autour d'un platane, trouvant là un trépas démocratique.

Marie-Fraise, sur les genoux du jeune garçon, s'efforçait de le consoler en battant des mains :

— Te voilà comte, Xavier! Et moi je serai comtesse dans un mois, le jour du mariage! Même Bardot, elle est pas comtesse!

Roide, Xavier faisait face avec pas mal de quartiers de noblesse à l'adversité.

— Ils sont morts, disait-il en réprimant un sanglot, alors qu'ils allaient chez le notaire pour me déshériter, les malheureux! On va peut-être m'enfermer dans un orphelinat?

On dut l'informer que ce n'était pas obligatoire, et que des tas d'orphelins vivaient en liberté totale, sans être même astreints au port d'un uniforme à boutons dorés.

Sous les étoiles, Baboulot poussait la brouette chargée du barriquaut, du Saint-Pourçain destiné à Jésus, de la cannelle et de deux verres.

— Je suis heureux, dit Grégoire, que tu m'aies rejoint vingt-six ans après sur la route de Dieu. J'étais ben un peu seul avec lui, aux Pédouilles.

— Je suis heureux, Grégoire, dit Toussaint, d'avoir accédé à la grâce. L'homme ne vit pas seulement de pinard, c'est écrit quelque part dans la Bible. Si j'avais pas été malade, j'aurais jamais reçu la vraie vérité.

Ils se sourirent, un peu gauches. La mère Françoise les avait unis dans leur jeunesse. Leur lien se situait à présent quelque part dans le ciel, le ciel de leur âge mûr.

Lorsqu'ils furent dans le pré, ils déposèrent leurs deux bouteilles de saint-pourçain sur la Pierre-qui-danse, s'assirent face à la roche sacrée. « Pourvu, pensa tout à coup Baboulot angoissé, pourvu que Jésus la boucle! S'il raconte à Grégoire que c'est moi qu'ai bu la bouteille, l'autre fois, et qu'il en a pas vu la couleur, ça va faire du vilain! »

Grégoire mit en perce le barriquaut, enfonça la cannelle d'un coup de sabot, emplit les verres, et la veillée d'armes des deux chevaliers commença. L'opacité du tonneau leur convenait. Cela n'avait pas ce côté mélancolique du litre, où l'on voit le niveau du liquide baisser à vue d'œil, annonçant la fin proche du plaisir. Cette néfaste transparence leur était l'équivalent du squelette qui présidait aux orgies des anciens, histoire de leur rappeler la précarité, la fugacité de la vie.

— Ça fait tellement noir, dit Baboulot au bout d'une heure, qu'y peut pas nous voir, de là-haut.

— T'as raison, Toussaint. Faut qu'on l'appelle. S'y nous voit pas, peut-être qu'y nous entendra. A trois, on gueulera ensemble : « Jésus! » Tu y es? Un! Deux! Trois!

Un formidable « Jésus! » retentit dans la nuit, suivi d'un second, puis d'un troisième. Ils regardèrent les cieux, s'attendant à y voir éclore l'ombelle d'un parachute.

— Y viendra peut-être pas, Grégoire?

— Peut-être pas ce soir. Si ça se trouve, il est en train d'apparaître en Amérique, ou chez les Chinois. Y a pas que nous sur la terre. Mais faut qu'on patiente, il est pas tard. Envoie donc un canon, ça m'a arraché la gorge de crier.

A deux heures du matin, le barriquaut était aux trois quarts vide et ce fut, hasard divin, le moment que choisit le Christ pour atterrir sur la Pierre-qui-danse, vêtu ainsi qu'il l'était lors de sa première visite à Grégoire.

Quatresous secoua Baboulot qui s'était assoupi, un peu fatigué par cette nuit blanche au vin rouge :

— Regarde, Toussaint! Tu le vois, sur la pierre?

Baboulot ouvrit de grands yeux vitreux, clama :

— Jésus!

— Gueule pas si fort, recommanda Quatresous, tu vas l'effrayer!

Grégoire apercevait Jésus sur la gauche, Toussaint sur la droite, mais ils ne remarquèrent jamais l'asymétrie de leurs regards. Jésus lisait avec attention les étiquettes des bouteilles, sans honorer d'un coup d'œil les généreux donateurs.

— C'est quèque chose, soufflait Baboulot hébété, c'est quèque chose! C'est pire que de rencontrer Napoléon, tu crois pas?

— Y nous a pas vus, chuchota Quatresous, faut qu'on se lève.

Ils se levèrent. Baboulot tomba avec fracas dans la brouette. Quatresous culbuta en braillant pardessus le barriquaut.

— Bordel, gémit Toussaint, fais donc pas tant de potin, Vingt Centimes!

— C'est toi, protesta Grégoire. Je t'emmènerai plus voir Jésus, tu te conduis trop mal, espèce d'andouille!

— Répètes-y, que je suis une espèce d'andouille!

Grégoire repoussa son ami qui s'apprêtait à l'empoigner. Baboulot heurta du talon la roue de la brouette, exécuta une bruyante galipette sur l'herbe.

Le Christ les avisa enfin et fit :

— Salut, les copains! C'est Baboulot, çui-là?

— Oui, Notre-Seigneur Jésus-Christ, balbutia Toussaint. Excusez le boucan, c'est de la faute à Grégoire qui me traite d'andouille...

— T'y mérites bien, ronchonna le Messie. Et silence quand je cause!

Baboulot tout tremblant s'agenouilla dans la brouette. Grégoire se prosterna dans des chardons, n'osa plus en bouger. Jésus se détendit, flatta de la paume les flancs des deux bouteilles :

— Merci pour la boisson, les vieux gars. J'y goûterai quand il fera chaud. Je te félicite, Quatresous, pour les moutons et pour cette andouille de Baboulot.

— Bien dit, Seigneur, opina Grégoire.

— Il te reste Hilaire à convertir, tu ne l'oublies pas?

— Non, Seigneur. Mais autant chercher à catéchiser un âne rouge. C'est un furieux, Hilaire, qui vous fait que des offenses.

— En quantité industrielle, souligna Baboulot.

Le Christ sourit :

— Oui, je sais. Faut quand même que je l'emporte en paradis.

— C'est pas ben utile, risqua Baboulot toujours dans sa brouette.

Jésus fronça les sourcils :

— C'est moi que je commande, humble vermisseau! Tu n'es dans ma main qu'un vulgaire instrument aratoire!

Baboulot s'aplatit :

— Oui, Seigneur. Je suis que de la crotte de bique!

Jésus reprit, agacé par ces interruptions :

— Grégoire, abandonne pas Hilaire. J'ai ma petite idée sur la question, mais j'ai besoin de toi pour la réaliser. Faudra aussi que tu baptises les porcs des

Pédouilles. Oui, les porcs, même si ça t'étonne. On a baptisé pire que ça, et qui donnaient même pas de jambons. T'iras encore voler de l'eau bénite!

Quatresous inclina la tête. Les porcs, c'était plus simple à attraper que les moutons.

Baboulot, à présent, avait glissé sous la brouette, et se plaignait :

— Jésus! Jésus! Mon bon Jésus, on m'a fait un affront, aujourd'hui!

— Quoi encore? fit Jésus qui devait penser que ce néophyte n'était pas de tout repos.

— Ben voilà, exposa Baboulot d'une voix assourdie par le coffrage de la brouette, y a que Dom Chrysostome, à Sept-Fons, il est pas digne de vous servir, même pas la soupe. Il a pas voulu me prendre à la Trappe. Je voulais être moine, Jésus, pour être plus près de vous mon Dieu. Je suis plus fait pour vivre dans une ferme, je veux aller au monastère.

Jésus leva le bras, désigna un point dans la nuit et ordonna :

— Tu iras au monastère, Baboulot. Là-bas!

Toussaint sortit la tête de la brouette ainsi qu'une tortue, écarquilla les yeux dans la direction indiquée par le Galiléen :

— Excusez-moi, mais j'y vois rien la nuit, moi, je suis pas un chat.

— Tu ne peux pas être un chat, puisque t'es une andouille. Grégoire, écoute-moi, toi. Ce que je montre du doigt à ce cruchon de Toussaint, c'est le château de Chavroches. Il est à vendre. Tu l'achèteras et tu y fonderas un couvent où les moines adoreront la bouteille que tu m'as payée un jour que j'avais soif.

« Ça y est, frémit Baboulot, y va cracher le morceau, y va raconter que c'est moi qui l'ai bue... » Jésus n'en parla pas, qui ne devait pas être à une bouteille près. Seule lui importait, sans doute, l'intention, et Baboulot loua cette infinie sagesse.

Quatresous se permit de soulever une objection, pour lui de taille :

— Pardonnez-moi, Seigneur, mais avec quoi que je l'achèterai, le château? J'ai point de sous, je suis qu'un pauvre clochard de la culture. Même quand j'aurai la retraite des vieux, je pourrai même pas me payer un ch'tit bout de jardin...

Le Christ caressa sa barbiche, contempla tendrement Quatresous :

— J'y sais ben. J'y sais ben aussi que t'es un bon garçon, Grégoire, mais tu devrais y savoir, toi, que je laisse pas tomber les bons garçons. Tu fonderas ce monastère, car telle est ma volonté. Causons pas d'argent tous les deux, je suis pas le directeur du Crédit Agricole. Baboulot sera moine, et tu le redeviendras. Là-dessus, je vas vous quitter. Vos bouteilles, je les boirai au soleil.

Grégoire joignit les mains, piteux :

— Une seconde, Jésus!

— Je t'écoute.

— C'est au sujet de ma fiancée...

— Ah oui, Jujube!

— Pas Jujube, Seigneur. Muscade.

— Muscade si tu veux. Eh bien! je t'ai dit de l'attendre, attends-la.

— Elle viendra?

— Attends-la, te dis-je. Je ne suis pas non plus le préposé au Courrier du Cœur. Au revoir, vous deux!

Sur ces paroles, le Christ s'éleva avec la majesté d'une fusée à Cap Canaveral. Baboulot et Quatresous suivirent du regard, impressionnés, cette Ascension qui n'était pas sans rappeler celle, fulgurante, du Puy-de-Dôme par Fausto Coppi durant le Tour de France 1952.

— Eh bien! Toussaint, triompha Grégoire, il est venu, Notre Seigneur! On a bien fait de veiller!

— Qu'il était beau, se réjouit Baboulot, dans sa longue robe blanche!

Quatresous fut frappé d'étonnement :

— Où que t'as vu qu'il avait une robe blanche? Il avait sa blouse de marchand de cochons, comme d'habitude!

— Ma foi non, Grégoire!

— Je te jure!...

Le bouillant Baboulot, pour une fois, rompit :

— On va pas se disputer sur des détails. Le principal, c'est qu'on l'a vu, hein?

— Ça, on l'a vu!

— Alors, ça s'arrose, et voilà tout.

Tant d'émotions et de joies les avaient altérés. Ils portèrent maints toasts au Rédempteur.

— Je serai moine, criait Baboulot. Il me l'a dit! Moine! C'est ton Dom Chrysostome qu'en fera, une trombine!

— On sera pas reconnus par l'Église.

— Qui que ça fout! fit avec superbe Baboulot.

Les ch'tits gosses qui sont point reconnus par leur père, ça les empêche pas de manger la soupe, et de grandir!

Grégoire haussa les épaules, fataliste :

— Heureusement que c'est pas à moi d'y trouver, le pognon pour le château! Je me demande comment qu'y va se débrouiller, Jésus.

— Laisse-le donc faire, va, il est plus malin à lui tout seul que nous deux réunis!

Un peu plus tard, Baboulot poussa un juron :

— Cré bon Dieu de cré bon Dieu!

— Toussaint! s'indigna Grégoire.

— Oh! bougonna Baboulot, ça m'a échappé, mais y me pardonnera, lui qui sait ce que c'est que la soif, vu qu'il a été élevé dans le désert. Y a qu'y a plus rien dans le barriquaut!

— Plus rien?

Baboulot secouait en tous sens le tonnelet, effaré par sa légèreté :

— Ma parole, y doit fuir! Y doit y avoir un trou quelque part!

— Sous notre nez, peut-être? supposa Grégoire hilare.

— Y a pas de quoi rigoler! On vient là avec juste de quoi se rincer la bouche. On aurait pu prendre nos précautions...

Quatresous surprit le regard de Baboulot posé sur les deux bouteilles de Saint-Pourçain :

— Non, Toussaint! Non!

Baboulot soupira, s'allongea sur l'herbe :

— Bien sûr que non, qu'on va pas y toucher, mais ça me fait deuil de me coucher avec la gorge sèche!

Il se camoufla la tête dans sa veste, et se mit à ronfler. Quatresous ne fut pas long à l'imiter.

La rosée de l'aube les couvrit peu à peu de perles impalpables. Une ombre, alors, glissa sur le pré, s'approcha de la Pierre-qui-danse et, d'un tire-bouchon silencieux, fit jaillir des bouteilles le miracle du Saint-Pourçain.

Lorsqu'ils se réveillèrent, Grégoire et Baboulot s'embrassèrent. Les Saints Litres brillaient, translucides, aux premiers rayons du soleil, vides. Et Baboulot, transporté de bonheur, savait que cette fois il n'y était pour rien. Que le gosier de Dieu était formellement passé par là.

8.

Grégoire s'apprêtait à pénétrer, le bidon à la bretelle, dans l'église de Chavroches pour la dévaliser de son eau bénite, lorsqu'il entendit dans son dos la voix plaintive du vieux curé Pantoufle :

— Quatresous, mon ami?

Les mains du prêtre en désarroi frémissaient. Le brave Grégoire s'en aperçut, devint toute sollicitude :

— Qui qu'y vous arrive donc, monsieur le curé? Vous êtes pas malade? Ou c'est peut-être votre bonne?

— Nous allons bien, chevrota le vieillard. Mais un abominable forfait vient d'être perpétré dans la maison de Dieu.

— Un forfait?

— Vous savez, Quatresous, que bien des divergences sur d'importants points de théologie nous séparent, mais ce sont, en quelque sorte, nos affaires intérieures. Nous aimons Dieu, différemment sans doute, mais nous l'aimons, or, le Dieu que nous aimons vient d'être offensé en cette église. Que dis-je, offensé! Sali! Souillé! Comment vous dire, Quatresous, comment vous dire...

— Dites-le quand même.

Le curé Pantoufle se voila la face :

— Voilà : une main criminelle a uriné dans le bénitier.

Quatresous pâlit :

— Les salauds!

— C'est le mot exact, Quatresous. Violent, mais exact. C'est ma paroissienne, Mme Canouville, qui m'a mis sur la voie. « Votre eau bénite est croupie, monsieur le curé, m'a-t-elle dit, elle a une drôle d'odeur d'ammoniaque. » Or, je l'avais changée il y a peu car on me la vole, Quatresous, on me la vole! Comment peut-on voler de l'eau bénite, entre parenthèses, mais là n'est pas la question. Je cours au bénitier, j'y trempe un doigt. Mme Canouville n'avait pas tort. Mon eau bénite sentait... sentait... ce que vous savez. Il faut m'aider, Quatresous, à démasquer l'impie. C'est sûrement le même qui suspend des lessives au calvaire!

— Le salaud! grinça Grégoire, évoluant tout à coup du pluriel au singulier, le salaud! Ne vous en faites pas, monsieur le curé, le coupable sera puni!

— Vous le connaissez?

— Laissez-moi faire mon enquête!

Renonçant à l'eau polluée du bénitier de Chavroches, Quatresous salua le curé Pantoufle et prit sur sa bicyclette la direction de Jaligny.

Il ne décolérait pas tout en pédalant :

— Mon Dieu, passez-moi l'expression, mais vous êtes trop pomme! Hilaire en paradis? Foutre au ciel un saligaud qui pisse dans les bénitiers, ah! non, c'est à décourager tous ceux qui vous respectent, et qui se le gagnent, eux, leur paradis! Faut me coller ça en enfer, et pas à feu doux! Plein gaz, et que ça pue le caoutchouc brûlé!

Parvenu devant l'église de Jaligny, il sursauta. Le vélo, là, contre le mur, était le vélo d'Hilaire Baquerisse!

— C'est pas vrai qu'il est aussi en train de pisser dans ce bénitier-là! cria Quatresous. C'est trop beau! Merci, Jésus!

Il gara sa bicyclette, se rua dans l'église.

Hilaire s'apprêtait justement à en ressortir, satisfait d'avoir rempli sa mission terrestre, la main à la braguette pour la reboutonner. Grégoire lui barra le chemin :

— Halte-là, bandit, assassin, pourceau qui prend le temple pour une vespasienne!

Le maudit tenta de l'écarter violemment :

— Qui que t'inventes, nom de Dieu de bigot de mes fesses!

Grégoire demeura ferme sur ses chaussures :

— On va bien y voir, si j'invente! On va aller chercher les gendarmes et leur faire analyser chez le pharmacien le contenu du bénitier! Comme pour les empreintes digitales!

Hilaire se vit perdu, décampa dans l'allée qui menait au pied de l'autel, espérant s'échapper par la sacristie. Quatresous s'élança à ses trousses en criant :

— Attends que je t'attrape, surmulot de malheur! Je suis pas le curé Pantoufle, moi! Je suis pas musclé comme une échelle! Je vas te le faire boire tout entier, moi, le bénitier! Sûr que ça va être ma tournée!

Hilaire courait vite. Grégoire s'empara d'une chaise, la fit tournoyer au-dessus de sa tête, la projeta vers le fuyard. Frappé aux jambes, Hilaire, fauché, s'effondra dans les prie-Dieu. Quatresous le rejoignit, lui tomba sur le dos et les deux hommes commencèrent à se battre avec une ardeur que décuplaient leurs antagonismes philosophiques.

Le maçon Combaret Hubert, qui priait derrière un pilier pour obtenir une remise de ses péchés, plia bagages au galop et s'en alla brailler dans tout le bourg que deux diables se tambourinaient sur la couenne à l'intérieur de l'église.

Le brigadier La Volige, escorté du gendarme Bourrérasse, se rendit promptement sur les lieux du scandale.

Ayant pulvérisé un siège au cours de leur guerre de religion, Hilaire et Grégoire s'étaient armés des morceaux et croisaient le barreau de chaise ainsi que dans un roman de cape et d'épée.

— Au nom de la loi, arrêtez! hurla La Volige. L'apparition des uniformes, loin de calmer les combattants, les galvanisa. Leur lutte revêtait un caractère d'urgence. Il convenait d'estropier au plus vite l'adversaire.

— Allez-y, Bourrérasse! commanda le brigadier. Le courageux Bourrérasse entreprit de séparer les duellistes. Un barreau de chaise cabossa son képi, un autre cassa le verre de sa montre-bracelet. Avant de disparaître sous les corps furieusement enlacés d'Hilaire et de Grégoire, Bourrérasse appela d'une voix faible :

— A moi, brigadier!

Plus subtil, le gradé se faufila, menottes à la main, esquiva une torgnole, encercla d'acier le poignet gauche de Quatresous, le droit de Baquerisse, ce qui contraria aussitôt leurs élans meurtriers.

— Debout! tonna La Volige en aidant à coups de pied le trio, son subordonné inclus, à se redresser. Il recula d'un pas, les frères ennemis des Pédouilles se crachant à la figure. Il porta une claque martiale sur l'étui de son revolver :

— Ça suffit, maintenant! Le premier qui bouge, je le fusille!

Le toujours courageux Bourrérasse vrillait ses deux pouces dans les côtes des profanateurs.

— Allez, dehors! ordonna La Volige. Avant de quitter l'église, il salua militairement l'effigie du Christ, qu'il plaçait aussi haut qu'un cardinal ou qu'un préfet dans la hiérarchie des représentants de l'ordre établi.

Les gendarmes et leurs proies traversèrent le bourg tout agité par l'ampleur de l'incident. Quand ils passèrent devant le *Café du Marché*, Emma et Adelphine, émues par la vue de Grégoire garrotté, prirent le parti de leur galant :

— Relâchez-le, brigadier, ou on vous servira plus à boire! C'est un saint homme!

— Un saint homme qu'a mis toute l'église à feu et à sang, oui!

La liaison des sœurs Lagoutte et de l'ancien moine avait fait jaser le village. On disait méchamment des deux femmes qu'elles dégustaient « le coq au vin tous les soirs », venimeuse allusion à la sympathie qu'éprouvait Quatresous pour la chopine et le beau sexe. Gonflés d'importance, les soldats de Pilate poussèrent sans ménagement leurs prises enchaînées devant eux.

La porte de la gendarmerie se referma sur le tout.

— Si vous vous tenez tranquilles, proposa La Volige, je vous enlève vos menottes pour l'interrogatoire. Ça vous va?

— Ça me va, grogna Hilaire, si ça va à l'autre amphibie.

Quatresous acquiesça. Comme d'autres gendarmes étaient arrivés en renfort, on libéra les fauteurs de troubles, on les fit asseoir assez loin l'un de l'autre.

— C'est pas ordinaire, fit le brigadier en s'installant face à sa machine à écrire. C'est pas la place qui manque, à la campagne, pour se bagarrer, et vous choisissez de vous cogner dans une église! Faut me raconter ça. Silence! Pas tous à la fois! Toi!

Ainsi désigné, l'hypocrite Hilaire murmura, cafard :

— J'étais entré pour réciter un *Pater* et un *Ave*...

— L'animal! explosa Quatresous, il a tous les culots!

— Tu parleras à ton tour, toi, le saint homme de mes deux bottes, articula La Volige.

Hilaire poursuivit, de plus en plus papelard :

— Donc, je priais Jésus, la Vierge et compagnie, quand je vois entrer cet individu qui traîne Dieu dans la boue depuis qu'il a renié ses vœux monastiques...

— La vache!

— Tais-toi, défroqué! Brigadier, le connaissant comme je le connais, je l'ai surveillé du coin de l'œil, pensez! Il se croyait seul et, avec un sourire satanique, fier de faire saigner toutes les plaies de Notre Seigneur, l'apostat s'est déboutonné et a pissé dans le bénitier!

— Oh! s'indignèrent les choristes de la maréchaussée.

Le rouge au front, Grégoire se releva d'un bond :

— T'as pas honte, charpie! Scorpion! Amanite phalloïde! C'est lui, brigadier, c'est lui!...

— Ne l'écoutez pas, brigadier, susurra le chafouin Baquerisse, il rejette ses crimes sur un pauvre fidèle...

C'en était trop pour Quatresous. Nul ne put arrêter sa main vengeresse. Le bruit d'une gifle éclata, fit grelotter les vitres du bureau.

Hilaire, éjecté de sa chaise, alla donner du crâne contre le poêle, se répandit inanimé sur le linoléum.

Grégoire se retrouva derechef menottes aux poignets pendant qu'on s'affairait autour de sa victime. La Volige écumait :

— Bon Dieu de bon Dieu! ça va te coûter cher, Quatresous! Faites-le revenir à lui, vous autres! S'il nous l'a tué à l'intérieur de la gendarmerie, ça va faire du propre au ministère!

Affolés, les infirmiers en uniforme s'empressèrent, distribuèrent à la dépouille d'Hilaire horions et verres d'eau en pleine figure. Baquerisse ouvrit enfin deux yeux égarés et bredouilla :

— Où suis-je? Au ciel? J'entends les anges...

Les anges se félicitèrent de sa résurrection, le reposèrent sur sa chaise.

— Ça va mieux? s'enquit La Volige.

— Oui...

Le brigadier tapa à la machine :

— ...s'est déboutonné, et a pissé dans le bénitier... Après?

Hilaire secoua la tête :

— Qui donc qu'a pissé dans le bénitier?

— Ben... Quatresous...

Hilaire promena sur l'assistance un regard si bizarre qu'il glaça les sangs d'un gendarme émotif. Enfin, Baquerisse chuchota :

— C'est pas lui. C'est moi. Inscrivez qu'Hilaire Baquerisse, cultivateur et possédé du démon, a profané les bénitiers des églises de Chavroches et de Jaligny. La date, et je signe.

La Volige, apoplectique, arracha feuilles et carbones de la machine en étouffant :

— On se fout de ma gueule! Si je les écoute, ces deux louftingues, tout à l'heure, c'est moi qu'aurai fait pipi dans tous les bénitiers du canton!

— C'était, reconnut doucement Hilaire, mon horrible idée, d'aller insulter Dieu dans toutes ses maisons. Que le ciel le bénisse, Quatresous m'en a empêché, permettez-moi de l'embrasser.

Tranquille, il plaqua un baiser de paix sur le front d'un Grégoire épouvanté. Le brigadier, hagard, retira son képi, le mordit avec férocité :

— Bourrérasse! Bourrérasse!

— Chef?

— De l'aspirine! Vite, de l'aspirine!

— Combien de cachets, chef?

— Quatorze! Dix-huit!

— Comme la guerre?

— Quelle guerre? Vous êtes maboul, vous aussi? De l'aspirine, et foutez-moi par pitié ces deux aberrations de la nature à la porte! Illico! S'ils sont encore là dans trente secondes, je dégaine, je fais un carton! Bidoche aux murs! Gendarmerie sanglante! Dehors! Dehors!

Ses subordonnés expulsèrent à la hâte Baquerisse et Quatresous.

— Alors, on n'est plus arrêtés? s'inquiéta Grégoire que l'on débarrassait de ses menottes.

— Non! Non! implorèrent les gendarmes. Partez!

— Y savent pas ce qu'y veulent, ceux-là! marmotta Grégoire en s'éloignant avec Hilaire.

— Où que sont donc nos vélos, Grégoire? demanda Baquerisse avec sérénité.

Mal à l'aise, Quatresous lorgna son compagnon. Il ne pouvait deviner, certes, que le choc contre le coin du poêle avait en quelque sorte lobotomisé Baquerisse, sectionnant des fibres nerveuses du cerveau, inversant son esprit, entamant sur-le-champ le compte à rebours de ses mauvais instincts.

— Y sont contre l'église, Hilaire, répondit Grégoire perplexe, tu t'en rappelles donc plus?

— Mon Dieu non...

— Comme ça, tu regrettes, pour les bénitiers?

— Quels bénitiers, Grégoire?

Sur le terre-plein où se dressait le monument aux Morts, quelques membres actifs du Cochonnet jalignois jouaient à la pétanque. Hubert Combaret, le pieux maçon qui, tout à l'heure, avait sonné l'alerte dans l'église, animait une partie que disputaient Margelle, goûteur d'eaux minérales à Vichy, le charcutier Thévenoux et monsieur Tarin, bookmaker parisien en villégiature.

— Tu tires pour deux, Hubert! prévint Thévenoux, son partenaire.

La religiosité, chez Combaret, n'excluait pas les vertus gauloises. Il rétorqua avant de se concentrer, sa boule meurtrière à la main :

— Ça va y aller direct, comme papa dans maman!

La boule faillit lobotomiser une seconde fois un Hilaire qui s'était subitement précipité sur le terrain pour s'y agenouiller. Les bras écartés, Hilaire beugla, couvrant les protestations des joueurs ahuris :

— Priez, misérables! Priez, la fin du monde est proche, le feu du ciel est sur vous! Je suis Jésus! Jésus-Christ! Né en zéro, mort en trente-trois! Tous à plat ventre devant le Sauveur!

Attrapant un tronçon de fil de fer barbelé qui servait aux boulistes à mesurer leurs points, le dément s'en tressa une artisanale couronne d'épines qu'il coiffa sans souci de s'écorcher la peau. Du sang et des larmes ruisselèrent sur son visage extasié :

— Messieurs, découvrez-vous devant Jésus! Quatresous peut vous le dire, y m'a vu l'autre jour sur la Pierre-qui-danse!

Grégoire leva les yeux vers les nuages et fit entre ses dents :

— Si c'est comme ça que vous les convertissez, Seigneur, vaut encore mieux leur laisser faire tout ce qu'ils veulent dans les bénitiers!

Les nuages lui soufflèrent qu'il n'y entendait rien, que le vrai Jésus s'y connaissait en saints, qu'il en avait eu quelques-uns pour le moins fripés de la calebasse, affligés d'un oiseau dans la cafetière ou d'un pois chiche dans le sabot.

Le faux Jésus, lui, prétendait escalader le Monument aux Morts pour, du faîte, prêcher l'amour et la paix aux populations rurales. Le maréchal-ferrant accourut, muni d'une corde, aida les pétanqueurs à ficeler le malheureux Hilaire qui les bénit tant qu'il eut l'usage de ses mains, traitant ses bourreaux d'un tas de noms d'apôtres.

L'ambulance arriva sans retard, prenant sur deux roues le virage de l'Hôtel du Progrès.

— Prie pour moi, Grégoire! cria Hilaire alors qu'on le chargeait dans le véhicule, prie pour moi, j'ai à faire au mont des Oliviers!

Il ajouta, ce qui put sembler insolite dans la bouche d'un nouveau Christ :

— Oublie pas de ramasser mon vélo!

Ce fut là son ultime éclair de lucidité. Il n'en brilla pas de sitôt dans la nuit de sa tête. L'ambulance divine prit la direction qui s'imposait, celle de l'asile d'Yzeure, et Grégoire demeura seul, si rudement commotionné par ces événements qu'il n'eut pas même la pensée naturelle d'aller boire un verre chez les sœurs Lagoutte.

Il remuait en lui la phrase que lui avait dite Jésus sur la Pierre-qui-danse au sujet d'Hilaire : « J'ai ma petite idée sur la question, mais j'ai besoin de toi pour la réaliser. » Jésus avait sans doute tout prémédité, prévu la gifle de Grégoire et le coin de poêle que devait heurter le démoniaque des Pédouilles. Quatresous regarda sa main, une seconde promue au rang de main de Dieu. « Peut-être, songea-t-il, que Jésus l'a fait tomber sinoque exprès, l'autre, pour lui ouvrir en tant que simple d'esprit le Royaume des Cieux? » Cela ne lui parut pas très sportif, mais il garda pour lui cette réflexion désobligeante.

Il monta sur sa bicyclette et, tenant celle d'Hilaire par le guidon, reprit la route du domaine, tout en flânant au long des boucles de la Besbre, découvrant ici des pêcheurs, là des baigneurs, tout un petit monde d'estivants dont certains avaient l'accent de Muscade. Il avait parfois l'envie de parcourir sur son vélo les chemins de halage de tous les canaux de France, pour y rejoindre *La Belle-de-Suresnes* et sa marinière de charme. Mais Jésus lui avait dit deux fois de l'attendre. Il l'attendrait. Dieu et le curé Pantoufle les uniraient pour la vie...

Il rencontra sur le pont de Chavroches Benoît Pejoux qui crachait dans l'eau, occupation d'oisif qui ne lui était pas coutumière, et masquait mal un trouble intérieur.

Pejoux s'étonna :

— Qui que tu fous, Grégoire, avec ces deux vélos? Mais... c'est-y pas celui d'Hilaire?

— Oui, patron. Mais où qu'il est à cette heure, Hilaire, sûr qu'il en a point besoin.

— Il est mort? Me dis pas que tu l'as tué, j'ai déjà assez d'ennuis!

— Il est pas mort. Il est bredin.

— Il l'était déjà.

— Oui, mais là, il est cent pour cent marteau. Ils l'ont embarqué chez les fous.

Il raconta l'affaire par le menu. D'accablement, Pejoux s'assit sur le rebord du trottoir :

— Et le v'là qui se prend pour Jésus-Christ!

— Oui, patron.

— Ça devait arriver... T'as d'abord commencé par le voir, après y a eu Baboulot qui l'a vu comme je te vois, entre deux cuites et deux miracles à Lourdes! Dire qu'avant que tu viennes aux Pédouilles Grégoire, on savait plus seulement qui c'était, ton Jésus... Y s'est bien rattrapé! On n'écoute plus que lui! En plus, depuis tout à l'heure, Marie-Fraise nous quitte.

— Où qu'elle va?

— Là-haut.

L'index d'un Pejoux désabusé désignait, perché depuis le XIIIe siècle sur sa colline, le château de Chavroches. Grégoire tressaillit :

— Au château?

— Oui. Figure-toi que, vicomtesse, elle voulait bien encore nous faire l'honneur de rester à la ferme. Mais maintenant qu'elle va être comtesse, bernique! T'as encore été bien inspiré de me la remplir, celle-là! Ça pressait! Avec toi, quand c'est pas Dieu, c'est autre chose! Bref, elle a dit à Xavier : « Faut qu'on trouve à se loger selon notre standing. » T'entends ça, Grégoire : notre standing! Elle a dû y écouter à la télé. Mon Xavier qu'a des sous à présent qu'y faudrait au moins trois Crédit Agricole comme celui de Jaligny pour y faire tenir, il a dit : « T'as raison, ma chérie, j'achète le château. » Aussi facile que moi j'achète une boîte d'allumettes! Mais... mais... où qu'il est?... Où que te voilà parti, Grégoire?

Grégoire était déjà loin avec tous ses vélos, disparaissait à toutes pédales dans le sentier qui menait aux Pédouilles.

Pejoux, morose, cracha de dégoût dans la rivière

et, ce faisant, crépit un pêcheur qu'il n'avait pas vu. Poursuivi par les protestations de l'innocente victime, il s'en alla sur la route. « Moi aussi, marmonnait-il, moi aussi y vont pas tarder de m'y enfermer, à Yzeure. Dire que tout ça, tous ces malheurs, c'est de la faute à ces putains de tracteurs! »

Le jeune comte des Haudriettes, tout de noir vêtu puisqu'il était en grand deuil, tenait ses assises sur le tas de fumier, une boîte à la main. Il ramassait des petits vers rouges qu'il portait ensuite aux canards. Il ne s'était jamais lassé de cette occupation simplette qu'eussent jugée indigne de leur nom ses ancêtres.

Quatresous fit irruption dans la cour, jeta sur le gravier ses deux bécanes, se précipita vers Xavier.

— Ah! mon gars, s'emporta Grégoire sans préalables tu peux pas faire ça! T'en as pas le droit! Si t'as pour deux sous de noblesse, tu peux pas te mettre en travers des projets de Dieu!

Xavier crut que l'autre prenait la défense des petits vers rouges :

— C'est pour les canards, balbutia-t-il, y sont gentils, les canards, y m'attaquent pas comme les oies...

— Il est pas question de canards, innocent! Il y a que tu achètes le château!

— Ben oui... Faut bien qu'on ait un endroit pour vivre, Marie-Fraise, l'enfant qu'elle attend, et moi. On aura des poules et des lapins...

— C'est pas possible! Jésus nous a dit à Baboulot et à moi qu'on devait y fonder un monastère, au château!

Le visage de des Haudriettes s'éclaira :

— Un monastère! Chic! C'est une riche idée! Combien que vous serez de moines?

— Trois, pour débuter. Moi, que je serai le Père Abbé, forcément, Toussaint et Stanislas.

— On sera contents de vous avoir chez nous. J'ai beau l'aimer, Marie-Fraise, j'avais peur de m'embêter, sans vous tous. Ah! oui, alors, faut venir faire les moines à la maison, on rigolera! Vous aurez la chapelle, et toute une aile du château!

Il dégringola du tas de fumier, serra Quatresous dans ses bras. Et Grégoire comprit que l'habile Jésus, par ce biais, aurait son monastère sans débourser un fifrelin. « Admirable Jésus, pensa-t-il. Y en a pas deux comme vous! Et moi qui commençais à engueuler Xavier, ah! vrai, on a tous intérêt à vous laisser conduire! »

Il courut dans l'étable annoncer à Baboulot l'heureuse nouvelle. Baboulot chut à deux genoux dans une bouse pour remercier le ciel d'ainsi tenir ses engagements.

Stanislas, qui était présent, se mit aussitôt à sangloter, jeta une corde par-dessus une poutre, enfila sa tête dans un nœud coulant, sans cesser de se marteler la poitrine du poing.

— Qu'est c'qu'y fabrique encore, c't'extravagant? s'intrigua Baboulot. Le voilà qui va se suspendre au plafond comme une botte d'oignons!

— Vous partir, pleurnicha Stanislas, moi pas moine, moi mourir! Polonais kapout!

Baboulot le considéra sans bienveillance.

— La mort a ben pas faim, de pas capturer des

guenilles pareilles! Des sauvages qu'y faudrait leur tendre le fricot au bout d'une fourche de fer!

Il allongea une gifle étourdissante à Stanislas, qui tomba à plat ventre sur une vache :

— Faudra ben un jour que je t'ouvre le crâne avec une cognée, pour en retirer la paire de chaussettes qui te sert de cervelle, espèce d'exotique! T'as pas deviné qu'on t'y emmenait, au château? Tu vas être moine avec nous autres deux, Grégoire et moi, même que tu seras notre moine à tout faire!

Stanislas voltigea du suicide à la joie enfantine, embrassa la vache, voulut de même étreindre ses frères en Jésus-Christ. Baboulot l'écarta d'un second soufflet :

— Nous bise pas, nomade, on va rester collés!

A table, Grégoire informa les Pejoux des grands projets qui allaient dépeupler les Pédouilles. Joffrette écrasa une larme, et le fermier blêmit :

— Alors, comme ça, vous partez tous? On va plus rester que la mère et moi. Tout le cheptel démembré, bravo! Cré bon Dieu de cré bon Dieu! la religion, ç'aura été l'opium des Pédouilles! Je prendrai plus que des communistes, moi, dans ce domaine! Y foutront peut-être pas le camp tous en chœur sur une colline pour adorer Lénine et la Sainte-Vodka!

Tous étaient ennuyés pour lui, sauf Stanislas qui pouffait, diverti par une mouche qui gigotait dans le verre de Baboulot.

Pejoux maugréa, chagrin :

— C'est que Joffrette et moi, on vous aimait

bien, même si on vous y répétait pas tous les jours...

Grégoire fit, remué par cet aveu :

— On va pas ben loin...

Mais Pejoux ne trouvait pas plus de goût à la vie qu'au lard qu'il mâchonnait :

— Et mes labours, qui c'est qui va me les faire? Bon Dieu de Quatresous, t'as mis le bordel partout, mais sur le Mac Cormick t'étais tout craché Bonaparte au pont d'Arcole!

Grégoire se leva, solennel, exécuta le salut olympique face au crucifix :

— J'y jure sur Dieu que je vous les ferai toujours, vos labours, moine ou pas moine! Personne d'autre que moi y mettra ses fesses, sur le tracteur!

Ce serment consola quelque peu le patron. Il soupira :

— Faut bien y croire, que Dieu existe. On était trop tranquilles, quand il existait pas.

Il soupira encore, mais n'en demanda pas moins à Joffrette de sortir une bouteille de mousseux pour arroser les sillons de l'avenir.

9.

Au château de Chavroches, un poupon de trois mois pleurait. De sexe féminin, il se prénommait Brigitte. Était-elle, cette petite Brigitte des Haudriettes, l'enfant de Grégoire Quatresous ou, selon la mère Couzenot, celui d'Antoine Paquet, de Blaise Chavon, du P'tit Louis ou du P'tit Jean Poulouque, d'Hubert Bretelle ou du Portugais du domaine de la Chaume? Sa mère l'ignorait. Seul Xavier ne pouvait matériellement être le père de sa fille.

Mais tout cela n'avait aucune espèce d'importance, et ce n'était pas cette incertitude qui tirait des cris au bébé. Il attendait son biberon tout comme, sur la terrasse du château, Frère Grégoire attendait Muscade, interrogeant des yeux avec confiance la jolie vallée de la Besbre.

Il attendait que surgisse, sur la route ou sur un chemin, la jeune femme en maillot de bain qui, à sa vue, agiterait un sac de plage en criant : « Hello, Grégory! »

Il lui dirait :

— Muscade, ma fiancée, ça faisait quasiment un an que je vous espérais tous les jours...

Elle lui rirait au nez :

— Charrie pas, Grégorio! Tous les jours!

Elle désignerait du doigt un de ses beaux yeux :

— Tous les jours! Et mon œil, c'est un chou de Bruxelles?

Brigitte se tut, son biberon au bec. Frère Grégoire entendit les cris joyeux de Xavier et de Frère Toussaint qui jouaient au tonneau dans la cour d'honneur. Les palets cliquetaient, heurtant la gueule grande ouverte de la grenouille de métal. Le cerf-volant de Frère Stanislas s'ébattait très haut dans le ciel.

Frère Grégoire sourit, à l'écoute de ses voix irréelles, voix tendre, voix gouailleuse, voix de jour, voix de nuit, mais toujours voix de gorge de *La Belle-de-Suresnes* :

— J'ai été longue, hein, mon pote! Qu'est-ce que tu veux, la mort-aux-rats, c'est pas du rapide, quand on n'est pas cliente pour l'autopsie. Il a un chouette caveau, Mathurin, avec des fleurs artificielles. On dira ce qu'on dira, mais ça fait de l'usage, le plastique. Mais dis donc, mon lapin, tu fais dans l'élégance, t'as changé de robe!

Une petite couturière de Jaligny avait taillé les robes des religieux de l'Ordre des Chavrochistes dans un drap bordeaux, « lie-de-vin » prétendaient les médisants pour déconsidérer ces vies exemplaires vouées au Saint-Litre. Les trois bouteilles qu'avaient bues Jésus trônaient sous la croix ramenée du grenier des Pédouilles. Elles étaient le sobre ornement de la chapelle du monastère. Frère Stanislas avait depuis fort longtemps oublié qu'il en avait vidé deux lors de la dernière apparition du Christ à la Pierre-qui-danse, et les adorait avec ferveur ainsi que les autres Chavrochistes.

Le vent de l'été apportait sur la terrasse à Frère Grégoire des senteurs de prés, des bouffées de fleurs, et tous ces bouquets d'odeurs lui évoquaient l'haleine de Muscade. Quand il se décourageait, quand le Malin lui soufflait en ricanant : « Vois-tu, sur le calendrier, la Saint-Glinglin, Frère Grégoire? C'est la fête des amours mortes, c'est ce jour-là que Muscade viendra », il se redressait, serrait les mâchoires, écoutait le bon Jésus murmurer « Attends-la », et il attendait, de pied et de cœur fermes.

Les sandales de Frère Hilaire crissèrent sur le gravier. On ne l'avait gardé que six mois à Yzeure. Il ne se prenait plus du tout pour Jésus. A peine pour saint Pierre, lors des changements de lune, mais un trousseau de clés suffisait alors à son bonheur.

— Frère Grégoire?

— Oui, Frère Hilaire?

— Vous ne voyez toujours rien venir?

— Cela ne saurait plus tarder, mon frère. L'Office national de la Navigation, aux dernières nouvelles, me signale *La Belle-de-Suresnes* sur le canal de Bourgogne, alors que cet hiver elle traînait sur celui de la Marne au Rhin. Du canal de Bourgogne au canal latéral à la Loire, il n'y a qu'un pas, par le canal du Nivernais. Muscade peut être ici demain ou après-demain.

— Nous le souhaitons tous, Frère Grégoire, et prions pour votre prochaine félicité. Je viens vous consulter pour le menu de ce dimanche. Nous avons déjà quatre tables retenues.

Les moines de Chavroches, pour s'assurer des revenus, avaient tout d'abord songé à fabriquer des liqueurs genre Chartreuse ou Bénédictine, séculaires vaches à lait de la gent monastique. Leurs goûts personnels les prédisposaient certes davantage à cette industrie qu'à celle des produits chimiques et Pejoux, venu en visite, leur avait annoncé sans ambages :

— Vous allez être vos premiers clients, si ça marche !

Cela ne marcha pas, grâce à Dieu. L'explosion d'un alambic faillit rayer Frère Toussaint des cadres du phalanstère. En outre, le résultat des distillations ne satisfit aucun palais, hormis celui de Frère Stanislas. Le Polonais apprécia tant le nectar qu'il demeura quinze jours entre la vie et la mort. Puisqu'elle avait fauché un homme que nul mélange pour moteur deux temps, nul vernis au tampon n'avaient jamais incommodé, l'expérience parut concluante aux Chavrochistes qui renoncèrent, à contrecœur, à l'élaboration de boissons roboratives.

Comme, à la belle saison, d'aval en amont, d'amont en aval, baigneurs, touristes et pêcheurs erraient tout au long de la Besbre, Frère Grégoire décida qu'à leur intention les moines consacreraient une partie de leurs loisirs à la restauration.

La comtesse s'en montra enchantée, qui n'aimait rien tant que de servir à table et de laver la vaisselle. Le comte et Frère Toussaint, après lecture des *Recettes de tante Marie*, se mirent aux fourneaux. Frère Stanislas fit merveille à l'épluchage des légumes. Dès son arrivée au château, le tempérant Frère Hilaire, qui ne dépassait jamais le cap des quatre litres de vin quotidiens, fut préposé à la cave et à l'économat. Quant à Frère Grégoire, au volant de la Roll's que les des Haudriettes avaient acquise par souci de standing, bien qu'ils ne sussent conduire ni l'un ni l'autre, il s'occupait des commissions.

La splendeur du cadre, l'idée piquante d'être nourris par des religieux insolites et par les descendants du connétable Gaëtan des Haudriettes († Marignan, 1515), tout cela fit que les amateurs ne manquèrent pas pour apprécier l'omelette au lard, le coq au Saint-Pourçain — moitié coq, moitié Saint-Pourçain — et la boîte de tripes Familistère, les trois spécialités de la maison. Les mêmes amateurs, moyennant un modique supplément, pouvaient boire dans la chapelle le café et la goutte.

Il fut bientôt de bon ton, chez les rustiques snobs du canton, d'aller casser une croûte au moutier des Frères de la Sainte-Bouteille. Ce fut ainsi, car l'usage était de les réciter, que bien des villageois et des vacanciers apprirent le *Benedicite* et la prière après les repas.

Comme Frère Grégoire ne pouvait plus se passer du plaisir de dérober l'eau bénite du curé Pantoufle, comme il en sanctifiait tous les plats, le comportement des clients s'en ressentit. Peu à peu, les habitants de Chavroches, de Jaligny, de Thionne, de Trézelles et des communes avoisinantes, perdirent l'habitude de médire de leurs voisins, vieille coutume locale que n'avait pu supprimer tout à fait la télévision. Ils se saluèrent sans arrière-pensées homicides et, quand ils s'aimèrent derrière les meules aux mois chauds des amours, ce fut pour la vie.

Frère Grégoire regarda avec affection Frère Hilaire, ce modèle de douceur et de piété.

— Dimanche, Frère Hilaire? Eh bien! omelette au lard et tranches de jambon, comme tous les dimanches. Qu'en pensez-vous?

— Excellente idée.

— Et procession si le temps le permet, comme chaque dimanche.

— Parfait, Frère Grégoire.

La procession dominicale, par les après-midi cléments, conduisait moines et clients au lieu de pèlerinage de la Pierre-qui-danse. Frère Stanislas portait la croix, Frère Toussaint et Frère Stanislas la bannière et le casier à bouteilles, Frère Grégoire un panier de gobelets, et tous chantaient le cantique :

C'est dans les Épîtres
Que le Saint-Litre,
La Sainte-Bouteille,
C'est du soleil!..

La cérémonie consistait, pour les fidèles, à s'asseoir sur l'herbe tendre et à trinquer avec Dieu. Parfois, un assistant prétendait voir Jésus debout sur la pierre, et il fallait alors ramener le visionnaire sur une civière improvisée.

Les infatigables sœurs Lagoutte assumaient sans faiblir le délassement temporel des Chavrochistes, expulsant le démon de leurs corps à intervalles réguliers. Elles venaient à bicyclette le lundi, jour de fermeture du *Café du Marché,* déplorant en secret que les religieux ne fussent pas quatre-vingts ainsi que les chasseurs dans la chanson du rendez-vous de la marquise, ou du moins onze comme l'équipe de football de Thionne millésime 1949, ce frais souvenir de leur jeunesse.

— Omelette au lard, et tranches de jambon, répéta Frère Hilaire afin de ne pas oublier ce vaste programme.

Il quitta la terrasse.

Les papillons et les oiseaux voletaient autour de Frère Grégoire, cette fière sentinelle de Dieu qui veillait sur la vallée.

— Seigneur, fit à haute voix le Père Abbé des Chavrochistes, il me revient une phrase que j'ai lue à la Trappe. Elle est de saint François de Sales, et je vous la rappelle, car on a tant écrit sur vous que vous devez avoir la tête comme une citrouille. Il a dit, saint François : « Il est impossible que l'esprit de Dieu demeure en un esprit qui veut trop savoir ce qui se passe en lui. » Je vous remercie de m'avoir épargné cette curiosité malsaine, ainsi qu'à ma petite communauté. Nous autres quatre, c'est vrai qu'on n'a pas inventé la poudre, mais c'était peut-être pas une invention ben utile, alors on n'y regrette pas trop. Mon Dieu, je pense que si Dom Chrysostome et mes anciens collègues de Sept-Fons me retrouvent au ciel, peut-être qu'ils me pardonneront d'avoir eu comme qui dirait des fourmis dans l'Évangile. A la Trappe, il n'y avait pas de prises possibles pour un pêcheur d'hommes. Ceux-là étaient déjà tous dans votre panier. Je vous présente ma friture. Je sais bien que c'est pas que de la truite, mais l'âme de l'ablette vaut le même prix que celle des salmonidés, pas vrai? Je sais bien aussi que je les ai un peu pêchés à la dynamite, mes poissons, et que les gardes-pêche de l'Église me colleraient un beau P.V., s'ils les voyaient. Mais je n'ai pas besoin de leurs barrières, je me contente des vôtres. Regardez-nous gentiment, sur notre terre, et vous verrez que les Toussaint, Stanislas, Hilaire et moi Grégoire, s'ils ne sont pas très très catholiques, sont à vos pieds. Et que c'est bien le principal, d'être à vos pieds, amen!

Il se signa et contempla le paysage.

— Tu causes comme un litre, fit Muscade en frottant sa joue sur l'épaule de son amant de trois nuits de juin.

— Faut revenir, Muscade, dit Grégoire en soupirant.

— Je fais que ça, de revenir, Grégorio, murmura-t-elle, mais c'est pas la porte à côté, le canal de Bourgogne. C'est pas un Boeing, une péniche. Tu t'en rappelles, Grégory? *A bord de ma péniche...*

— Oui, Muscade. *Du monde, je me fiche...*

— *Quand l'amour il chante son refrain...*

— *Le roi n'est pas mon cousin...* Oui, Muscade, oui. Vous serez là demain.

— Demain ou après-demain, c'est sûr.

Là-bas, sur un canal bordé de joncs, l'amour flottait, l'amour glissait, l'amour venait à lui, beau comme un Dieu, beau comme Dieu. En lui aussi il fallait croire à deux genoux. Croire en cet autre ciel qui avait nom septième. Croire en Muscade, de préférence à la façon de saint Thomas qui exigeait de voir et de toucher.

Frère Grégoire sourit, caressa les cheveux de la marinière, et ses paupières.

— Non, Muscade, n'insistez pas, ce n'est pas un chou de Bruxelles, votre œil. Vos yeux, ce sont tout simplement les yeux que j'aime.

Il faillit ajouter « Cré bon Dieu! » à la façon cette fois du père Pejoux qui, entre-temps, était devenu maire de Chavroches. Jésus le gronda :

— Voyons, Frère Grégoire!

— Pardon, Seigneur.

— Que fais-tu, sur cette terrasse?

— Vous m'avez dit d'attendre, alors j'attends.

— Attends, mon Grégoire, attends-la.

Dans le ciel d'un bleu d'enfant de Marie, montait de plus en plus haut le cerf-volant de Frère Stanislas.

« Attends-la. »

Elle serait là demain.

La cloche du couvent sonna, pour amuser le nourrisson.

Au plus tard, après-demain.

Ateliers SEPC à Saint-Amand (Cher), France. XII-1982
Dépôt légal : décembre 1982. N° d'éd. : 1406. N° d'imp. : 1918.

Imprimé en France

1406